Fan
ファン文庫
TearS

いつか奏でる恋のはなし

マイナビ出版

目次

1

手を伸ばした夢のはなし

なくした小指に意味なんかねえよ。

頬を刺すような寒風の中で、古閑奏《こがかなで》は小一時間ほど前に高校時代からの腐《くさ》れ縁《えん》である今井清晴《いまいきよはる》から言われた台詞《せりふ》を反芻《はんすう》した。

毎回いやなことを言う、と心の中で悪態を吐《つ》き、足を止めて空を仰ぐ。星もろくに見えない夜空には、ひっかき傷のような細い月が浮かんでいた。

奏の短い髪の毛が、風に晒《さら》される。ショートブーツの足先はすでに冷え切っていて、今日スカートを穿《は》いてこなくてよかったな、とどうでもいいことを考え、蘇る清晴の声をかき消した。

月に向かってまっすぐ左手を伸ばす。

小指のない自分の左手は、いつ見てもさびしげだ。

失ったものに意味がなければ、理由がなければ、やるせなさだけが残されてむなしさが募る。それをわかったうえで清晴は一蹴《いっしゅう》する。本当にいい性格をしている。

ため息を吐き出すと、白く色づいた。

──冬は、嫌いだ。古傷が痛む気がするから。

けれど、今はまだ一月半ば。暖かくなるにはもう少し時間がかかる。

このままぽつんと置き去りにされそうな不安に襲われて、さっさと家に帰ろう、と奏は歩く速度をはやめた。

少しでも近道をしようと自宅マンションとのあいだにある小さな公園を突っ切ろうと足を踏み入れる。と、

「くしゅっ」

真横から誰かのくしゃみが聞こえて、心臓が大きく飛び跳ねた。

どうやらベンチで寝ているひとがいたらしい。相手も奏の気配に気づいたのか、むくりと起き上がる。

大通りから数本中に入った道にあるこの公園は、まわりにマンションが建ち並んでいる。そのため、薄暗いけれど危険を感じるような場所ではなく、奏は完全に無警戒だった。独り暮らしをするとき、清晴に〝ひとりで夜道を歩くときはそこがどんな場所でも気をつけろ〟と口を酸っぱくして言われていたことを今さら思い出し、緊張で心臓が早鐘を打つ。すぐにその場を立ち去ればいいのに、なぜかそんな考えは浮かばず、体を硬直させてそばで動く人影を凝視してしまう。

「あれ、ＢＬＴのお姉さん」

強《こわ》ばった体に、人懐っこい甘えたような声がすうっと溶け込んできた。

そんなふうに奏を呼ぶひとは、この世にひとりしかしない。

「……る、琉生《るい》くん……？」

もしかしてと名前を呼ぶと、彼は「はい」と暗闇の中でもにっこりと微笑《ほほえ》んで答えたのがわかった。

「びっくりしました、なにしてるんですか奏さん」

それを聞きたいのはこちらのほうだ。なぜ夜の公園のベンチで寝ていたのか。まだ心臓がバクバクしていて、服の上から胸元を押さえ彼をまじまじと眺める。

広げた両足のあいだに両手をつき、やや前屈《まえかが》みの上半身を支えるようにベンチに座って笑みを浮かべている琉生の姿は、まるで、人怖《ひとお》じしない野良猫のようだった。

誰のことも信用していない。

けれど生きるために相手の懐《ふところ》に入ろうとする。

そんな痛々しい姿に、奏は、弱い。


——なんでこんなことになっているのか。

目の前でガツガツとチャーハンを頬張る琉生を頬杖を突いて眺めながら、奏は自分の現状に、ずん、と落ち込む。本当に自分はバカだ。

「奏さん、料理うまいっすね」

「……それ冷凍食品だけどね」

「レンチンのタイミングが最高ですよ！」

なんだそりゃ。パッケージに書いてあったとおりに温めただけだ。

呆《あき》れる奏に、琉生は目を細める。

相変わらず整った顔をしているな、と琉生を見て改めて思う。明るすぎない茶色のやや長めの髪の毛は、ほどよい柔らかさと艶やかさがある。大きくはないけれど奥二重の少し垂れた目元がかわいらしさを引き立てている。カーゴパンツにニットというシンプルな格好だというのに洗練された印象を受けるのは、バランスのいいスタイルのせいだろうか。

琉生は、奏が平日ほぼ毎日、お昼に通っている職場近くの喫茶店のアルバイトだ。たしか大学二年生か三年生かで、今年の春頃、新しく入ったと自己紹介された記憶がある。二十七歳の奏は彼の年を聞いて若いなあとしみじみ思った。

琉生は常連の奏のことをすぐに覚え、度々話しかけて来た。

『今日はいい天気ですね』

『髪の毛、切ったんですね、似合ってます』

『いつも同じメニューっすね』

彼はいつも親しげに奏に話しかけてきた。

静かな喫茶店でひとりのんびりと過ごすのが好きだったので、入店時や注文時、そして会計時に声をかけられるのを鬱陶しく感じた。せっかくお気に入りの店だったのに、と内心舌打ちをしたほどだ。けれど、彼はいつも一言二言で去っていくので、すぐに慣れて気にならなくなった。むしろ彼から話しかけられると笑みが浮かぶこともある。

気がつけば奏は彼を名前で呼ぶようになっていて、琉生も奏がいつもＢＬＴサンドウィッチセットを頼むことから〝ＢＬＴのお姉さん〟や〝奏さん〟と呼んだ。

といっても、奏だけが特別ではない。彼はどの客に対しても同じような振る舞いで、みんなに名前を呼ばれているし、名前を呼んでいる。

つまり、奏と琉生はただの客と店員――の、はずだった。

なのに家に上げるのはおかしいだろう、と自分に突っ込む。

「どうしたんですか、奏さん。お腹《なか》でも痛いんすか」

ぐぬぬと眉間にシワを寄せていると、琉生は奏の顔を覗きこむように顔を傾けた。

「いや、なんでもないよ。お茶のおかわりいる？」

「はい！」

空になったマグカップを見て言うと、琉生は元気に（遠慮なく）返事をした。チャーハンと一緒に出したシューマイを、彼はぱくんと一口で食べる。どちらも一人前よりも多めに出したのだけれど、すでに半分以上がなくなっている。

一体、彼はいつから食べていなかったのか。

普段、奏は料理をほとんどしないため冷凍庫には冷凍食品が、戸棚にはレトルト食品が詰め込まれている。そのおかげで彼にすぐ食事を与えられた。あと少し食べるのが遅かったら倒れていたかもしれない。

なんせ、公園で話しかけて来た琉生は、その直後に叫び声のようなお腹の音を鳴らした。あまりの大きさにひとの体から鳴ったものなのか信じられず目を瞬かせていると、「あのー、なんか、食べるもの持ってないですか?」と琉生が言った。図々しくも「持ってなければ家で食べさせてくれたりなんかはどうっすか」と言葉をつけ足し、恥ずかしそうにへらへらと笑った。

お金がないのかと聞けば、給料日前で現金を持ってないのだと言う。今のご時世、スマホがあれば電子決済でなんでも買える。けれど、おそらくそれもできないのだろう。とにかく、ご飯が食べられなくて、琉生はお腹を空かせていた。

相手は自分よりも六歳も年下の、九ヶ月か十ヶ月前から、頻繁に顔を合わせて言葉を交わしていた相手だ。成人済みのはずなので家に連れ込むことは問題ない。少なくとも法には引っかからないはずだ。

……とはいえ、やはり抵抗がある。

自分がなにかすることはないが、相手はどうだろうか。力では敵《かな》わない。

しばらく悩んでからお金を渡そうとしたけれど、お金の貸し借りはしないと琉生は受け取らなかった。返さなくてもいいという言葉も拒否されてしまい、途方にくれる。真面目なのはいいことだけれど、今それはいらない。お金を受け取ってくれ。

お金ではなく物ならいいかもしれないが、そうするには奏がコンビニかスーパーに行く必要があり、どちらもこの場所からは徒歩十分程かかる。

真冬の深夜の公園は、とにかく寒い。指先も足先も寒すぎて痛くなってきた。目の前の琉生も、寒さで顔が赤くなっているし、体も小刻みに震えている。

――そして、今に至る。

琉生は奏の「家に来る?」という誘い（?）にこくこくと頷《うなず》きついてきた。その様子は尻尾をぶんぶんと振って喜ぶ犬のようだった。躊躇なく、緊張感もなく、「お邪魔しまーっす」と家の中に入り、「荷物ここ置いてもいいですか?」と言ってミリタリージャケットとリュック、そして首にかけていたカメラをリビングに下ろした。なんとなく、他人の家を訪れることに慣れている感じだった。

「なにをしてるんだか……」

キッチンで電気ケトルのスイッチを入れると同時に呟《つぶや》く。

若い男を家に連れ込むなんて、どうかしていたとしか思えない。今まで幾度も拾ってきた犬や猫じゃあるまいし。いくら顔見知りだからとはいえ軽率すぎたと、部屋の暖房が効いてきて冷静になる。寒すぎて思考回路が凍結してしまっていたようだ。

いつになったら自分は偽善者思考を手放すことができるのだろう。

奏は、困っているひとがいると見て見ぬ振りができない。

自分にできることがあるなら、手を差し伸べずにはいられない。

それは、ただ自己の欲求を満たしたいだけで、高尚な気持ちからではない。他人を愛しているわけではなく、自分を愛するためだけの行為だ。

たとえ、利用されていたとしても、損をしているのではないかと言われても、どうでもよかった。目の前の誰かを助けることができていればそれでよかった。

それではいけないのだと気づかされた四年前から、奏は自分を変えようと、他人との関わりを最小限にして、視界を狭めて過ごしている。

けれど、ひとというのはそう簡単に変われるものではない。

先月も首輪をした飼い猫がマンションの前に横たわっているのを見つけて、飼い主捜しをした。迷子になっていた子どもを交番まで連れて行ったこともある。

そして今、猫のような少年を拾った。

――どうしようもないな、自分は！

このことが清晴に知られたら、めちゃくちゃ叱られるだろう。いや、呆れられるだけかもしれない。無言でただただ心底冷たい視線を向けられるのも結構キツいものだ。今日、残業を最近していない話をしたら「マシになったのかもな」と彼にしては珍しい言葉をもらったけれど、その言葉を撤回するにちがいない。

なんにせよ、絶対に黙っておかなくては。

電気ケトルがピーピーと鳴り、ハッとする。

奏は焦りを落ち着かせてから、ほうじ茶のティーバッグを取り出した。自分の分と琉生の分のマグカップに入れてお湯を注ぎ、両手にそれぞれ持って慎重にテーブルに戻る。けれど、テーブルに置く瞬間、ふっと力が抜けてしまい、左手に持っていたマグカップが大きく揺れて中身をこぼしてしまった。幸いにも床が濡《ぬ》れることはなく、手にもかからなかったので、布巾でさっと拭くだけで済んだ。

その様子を琉生が食べる手を止めて見ていた。ごめんね、と言うと奏の左手を一瞥《いちべつ》し、彼は顔に笑みを貼りつけて「ありがとうございます」とマグカップに口をつける。

奏の左手を見たひとは、みんな同じような反応をする。気にしているのに気にしないフリをして、決して奏に小指のことを訊ねることはない。ちらちらと見られるよりも、正直にどうしたんですか、と聞かれたほうが、バイクの事故で、と答えることができて楽なのに。自分から言えばいいのかもしれないが、それもそれで気を遣わせそうだから悩む。

奏の左手の小指がないことを、彼はどう思っているのだろうか。今まで一度も浮かんだことのない疑問を抱いて彼を見つめていると、琉生が口を開いた。

「奏さん、なんにも訊《き》かないですね」

琉生くんこそ、とつい言いかけて呑《の》み込んだ。

「あんまり訊きたくないから」

「うはは、すげーはっきり言うじゃん」

「ややこしそうなことには首を突っ込まないようにしてるの」

大学生の彼がどうしてホームレスのように公園で寝ていたのか、お腹を空かせていたのか。気にならないわけではないけれど、訊かないほうが身のためだと奏はわかっている。

「じつはー、おれ、家も金もないんすよ」

「っ、なんで、説明するのよ。言わなくていいから」

反射的に体を反らすと、彼はなぜかにんまりと口角を引き上げた。

「いやいや、愚痴聞いてくださいよー。昨日まで彼女？　と暮らしてたんですけどね。追い出されたんですよ。しかも生活費としてバイト代全部彼女に渡してたんで無一文になっちゃって」

聞きたくないのに、彼はペラペラと話しはじめる。〝彼女〟の単語のあとに〝？〟があったように感じたのは気のせいだろうか。なんにせよ、彼女の家に同棲していたため、寝る場所を失ってしまった、ということか。実家に帰るのは遠くて無理なのかもしれない。なら友だちのところにでも行けばいいのでは。彼の性格なら友人は多いはずだ。ホテルや漫画喫茶は、お金がなければ無理か。どうしたものか。

と、そこまで考えてからハッと我に返る。

どうでもいいことだ。彼の事情を考える必要はない。

「遠距離の彼氏が家に来るからって数日前に言われて、別の女の子の家に泊まらせてもらっただけなんですけど。それで浮気だって怒られるのおかしくないっすか」

「待って！　予想外の情報が多すぎる！」

慌てて彼の話を遮《さえぎ》った。

奏の反応に、琉生は不思議そうに首をこてんと横に倒す。

琉生の発言で〝彼女〟の単語のあとに〝？〟がついた理由がわかった。彼女には本命の彼氏は別にいて、琉生は二股《ふたまた》相手だったということだ。なのに一緒に住んでいたとか、おまけに他の女性の家に泊まったとか、奏の常識からかなり逸脱している彼の状況に、パニックになる。

この子は危険だ、と頭で警報が鳴る。人当たりのいい、明るい男の子だと思っていたけれど、それは大きな間違いだったらしい。これは、さっさと追い出さなければ。

「とりあえず、もう遅いしそろそろ帰ってくれるかな？　お腹も満たされたでしょ」

「はい、ありがとうございました」

ごねられたらどうしようと思ったけれど、琉生は素直に頷いた。そして、

「お礼はどうしたらいいですか？」

と上目遣いで奏に訊《たず》ねた。

「え？　お礼はもうしてもらったけど？」

目を瞬かせて答える。ついさっき〝ありがとう〟と言われたところだ。

意味がわからずにぽかんとしている奏に、なぜか琉生はわずかに表情を歪《ゆが》ませる。

眉根を寄せた琉生は怒っているように見えないこともない。けれど、奏には泣くのを我慢しているように感じられた。

でも、どうしてなのか。

自分の発言はなにかおかしかっただろうか。

顔を見合わせていると、琉生はゆっくりと目を伏せて「そっか」と言葉を吐き出してから「じゃあ」と瞬時に明るい表情にかえて食べ終わったお皿とマグカップを手にして立ち上がった。

「せめておれの使った食器だけでも洗わせてください」

「え、え？　いや、いいよそんなの！」

たいした量ではないし、なによりも流しには昨晩使ったまま放置している食器もあるので見ないでほしい。慌てて引き留めるけれど、琉生は「いいからいいから」と奏の制止を無視してキッチンに向かった。そしてふんふんと上機嫌で（放置していた食器も）洗いはじめる。琉生は慣れた手つきで手早くすべてを洗い、おまけにシンクもさっと水気を取ってきれいにしてくれた。奏が洗い物をしたあとは水滴がそこら中に飛び散っているうえに、それを拭きもしないというのに。

「慣れてるね……」

「こういうのは、おれの担当だったんで、ずっと」

そう答えた彼は、どことなく目に陰りが浮かんでいた。担当、と、ずっと、という言葉は、おそらく彼にとっていい意味ではないのだろう。

琉生は掛けてあったタオルで手を拭いてから、奏に笑顔を見せて「では」と出て行く準備をはじめる。ミリタリージャケットを羽織りリュックをひょいと背負ってから、カメラとマフラーを首にかけた。公園で見かけたときから気になっていたけれど、カメラを持ち歩くということは相当好きなのだろう。家もお金もない彼は、これが全財産なのだろうか。

「ありがとうございました、助かりました」

玄関で靴を履いてから、琉生はぺこんと丁寧にお辞儀をする。お腹が満たされて幸せそうだ。顔色も悪くない。

女性の家を渡り歩いているような説明を受けたせいで居座られたらどうしようかと警戒してしまったけれど、琉生のあっさり帰ろうとする態度に拍子抜けする。だからか、帰るように促したことに対して胸がチクチクと痛みだしてしまう。

お金もない状態で、彼はどこに行くのだろう。

この寒空の下で一晩過ごすつもりなのだろうか。

唇を噛《か》んでいないと、余計なことを口走ってしまいそうだった。自分の悪い癖が出てしまいそうになる。だって外は寒い。暖房の効いていた部屋から出るだけでも足元から体中が冷えてくるくらいだ。

なにもせずに彼を見送ることが、苦しい。

「……ちょ、っと待って」

ドアに手をかけた彼を引き止めて、洗面所に入る。戸棚の中から買い置きしていた使い捨てカイロを三つ取り出し、すぐに琉生の元に戻った。

「これ、持って行って」

彼の手を左手で引き寄せカイロを握らせる。三つあれば、両手にひとつずつ、残りひとつはお腹なり首なり、好きなところに使えばいい。多少は暖かく過ごせるはずだ。

「こんなことしか、できないけど」

もごもごと言葉をつけ足すと、琉生はカイロと一緒に奏の手をやさしく包んだ。

そのぬくもりに、少しだけ安心する。

なぜか、このままつないでいたいような気さえする。

――って、なにを考えているのか。

ハッとして慌てて手を引く、けれど、彼の手は離れなかった。むしろぐっと力が込められて、そのまま彼の胸に倒れ込むんじゃないかと思った。それほど強い力ではないのに。

「ありがとー、助かる」

琉生の砕けた言い方が、かえって彼の率直な心からの言葉だとわかる。

でも、奏の手を握る力強さと言葉の軽さが、うまく重ならない。

「かわりに、なにか、おれにできることありますか?」

「そんなのいらないから、気にしないで」

「やっぱり。奏さんは、そう言うだろうなって思いました」

やっぱりとはどういう意味なのか。

不思議に思って首を傾けると、琉生は目を細めて奏を見つめた。

それは、喫茶店で見せるものとはまったく違っていた。彼から醸し出される空気が、違う。年下とは思えないほど艶っぽい雰囲気を身に纏《まと》った魅惑的な笑みに、一瞬呼吸の仕方を忘れてしまう。

「本当に、ありがとうございました」

琉生はそう言って、するりと奏の手を放した。

ドアが開けられて、外からの冷気がふたりを襲った。じゃ、と出ていく彼に「うん」

とだけ返事をしてドアが閉まるのを見届ける。

しばらくその場から動けず、ぽかんとドアを見続けていた。そしてのろりと体を動かし部屋に戻ると、いつも見ているはずの光景がやたらとさびしく映る。まるで、つむじ風のような一瞬の出来事だったというのに、なにかが足りなく感じてしまう。

馬鹿馬鹿しい。気のせいだ。

奏は小さく頭《かぶり》を振ってから、気持ちを日常に戻そうとお風呂にお湯を溜めた。

ひとりの時間を、自分の時間を、満喫する週末を過ごさなければならない。

◇◆◇

お昼十二時ちょうどになると、奏はポケットの中に財布とスマホだけを入れて会社を出た。そして冷え切った空気の中を歩く。窓から見た青空は照り輝く太陽のおかげでぬくそうに感じたけれど、外に出てあまりの寒さに顔をくしゅっとすぼめてしまった。肌を隠すようにマフラーを鼻まで引き上げ、五分ほど歩いた先にある行きつけの喫茶店に向かう。

ドアを押し開けて入ると、やさしいぬくもりにほっとして体から力が抜けた。いつもならすぐに空いている席に向かうけれど、あいつが来ているかもしれないことを思いだし店内を見渡す。

「奏、こっち」

窓際の席に座っていた清晴が奏に気づき軽く手を上げた。マフラーをほどき彼の向かいの席に腰をおろす。

「清晴、いつからいたの？」

「さっき。うわ、お前唇カッサカサだな。ちゃんとしろよ」

一見、オフィスカジュアルに身を包んだ清晴は誠実そうに見える。けれど、中身はデリカシーのない無神経な男だ。悔しいことに清晴本人の唇は奏よりも潤っていたので、言い返すのはやめた。

「いい店知ってんだな、奏」

新しいクライアントが奏の働く会社の近くらしく、タイミングが合えば昼飯でも食おうぜ、と清晴からメッセージが届いたのは、昨晩のことだ。深く考えず『お昼はここにいる』と返事をし、この店の住所を送った。清晴との待ち合わせはいつだって、約束ではなく適当なものだ。断ることもあるし、時間が合わなければ連絡なしで流れることもある。お互いにそれが当たり前なので、会えても会えなくても気にしない。

「私の行きつけだから、清晴は今後ひとりではこの店使わないでよね」

「なんでだよ。これから俺も常連になるんだけど」

ウキウキした声で言われて、奏は顔をしかめる。

清晴は数駅離れた場所にあるデザイン会社に勤めている。今年に入りデザイナーからチーフデザイナーになり、クライアントとの打ち合わせも任され外出することが多くなったのだと言っていた。デザインだけをしていたいのに社外のひとと会って話をするなんて面倒くさい、部下を持つのも責任がうまれるからいやだ、気を遣うのは向いてない、とはじめはいやがっていた清晴だけれど、案外性に合っているらしくいろんな企画も任されるようになったと先日自慢げに話していた。時々引き抜きの声をかけられることもあるのだとか。

清晴がひとと接する仕事が向いていたとは、奏も驚きだった。裏表がないところは清晴の長所ではあるけれど、言いたいことをはっきり言いすぎる傾向がある。お世辞や社交辞令なんて言葉は彼の辞書にはないし、にこにこと笑顔を振りまくタイプでもない。

けれど、どうやらその態度が信頼を得るらしい。

「これからそんな頻繁にこの辺来るの？　いやなんだけど」

「俺がいても気にしなきゃいいだろ」

「清晴がいるかもしれないって思うだけでストレスだし、いたら無視できないでしょ。っていうか清晴は絶対声かけるじゃない。お昼休みはゆっくりしたいのよ、ひとりで」

最後の単語を強調して言うと、「知らん」とそっぽを向かれた。

「今まで散々世話してやった俺に対して冷たいやつだな、奏は」

――世話をしてくれと頼んだことはない。

清晴と出会ったのは高校一年生のときで、それから三年間同じクラスだった。会話は必要最低限のただの同級生で、ずけずけとはっきりものを言う、迷うことや落ち込むこと、他人に対して妬むことも同情することもない、まわりからどう思われるかも気にしない清晴の様子は確固たる自分を持っているように見えた。一重で吊《つ》り上がった目元だからなのか彼の視線は冷たく、嫌われているような気がして苦手だった。

実際、清晴は奏を嫌っていた。それがわかったのは、高校二年のとき、彼と同じ環境委員を務めていた女子から用事があるので会議に代わりに出席してくれないか、と頼まれた日だ。もちろん奏は「いいよ」と引き受けて、清晴と一緒に会議が行われる教室に向かっていた。

――『偽善者だな、あんた』

陽が入らないせいで、外よりも温度が低くなっていた廊下だった。

今でも、清晴に言われた台詞と、侮蔑の込められた視線を思い出すときがある。

なにを頼まれてもヘラヘラして、自分から率先して面倒ごとを引き受けたりすぐに手助けしたりするお人好しの奏は、よくも悪くも他人に合わせない彼には見ていてあまり気持ちいいものではなかったらしい。

そういうひとがいることを、奏は知っていた。

奏は誰とでも親しくなれることから、友人が多い。けれど、小学校時代から一定数のひとには嫌われた。主に女子が多く、理由は「男子に媚《こび》を売っている」とか「いい子ぶっている」とか「八方美人」とかだ。何度も陰口を叩かれ、直接馬鹿にされたこともある。

『どう見られても、私は私のしたいようにするから放っておいて』

ふんっとそっぽを向くと、

『便利に使われてるだけじゃん』

とも言われた。それも奏は知っている。委員会を代わってほしいと頼んできた女子の用事が、友だちとカラオケに行くだけなのも、実は聞こえていた。

『そうかもしれないけど、本当に困ってるかもしれないでしょ』

『他人が困っててもどうでもいいだろ。あんたが代わってやることねえのに』

『他人かそうでないかで区別するなんておかしいじゃない。困っている相手が目の前にいたら、助けようとするのが普通なんじゃないの？』

『え、なにそれ本気かよ。意地になってんじゃねえの、それ』

清晴が顔をしかめた。

意地、という単語は、偽善者、よりも自分にぴったりの言葉だと思った。それを悟られないように目をそらして上履きできゅっきゅと音を鳴らしながら廊下を歩いた。

奏の高校三年間の記憶の中で、清晴とまともに話をしたのはそれが最初で最後で、卒業すればもう二度と関わることがないひとだと思っていた。けれど、偶然にも奏と清晴は同じ大学に進学し、共通の知り合いができたことがきっかけで話をするようになった。学科が違い毎日顔を合わすことがなかったからなのか、お互いに成長したからなのか、清晴は以前ほどとげとげしい視線を向けることがなく、奏も彼への苦手意識が薄れていた。でも、友人と呼ぶほどの関係ではなく、会えば話をするだけで連絡先の交換もしなかった。

今のように月に一、二回は飲みに行き、メッセージのやり取りを数日に一回はするようになったのは、四年前からだ。四年前から、奏と清晴の関係は、劇的に変わった。

友だちになったわけではない。

彼は、いわゆる奏の監視役だ。

清晴はこの四年間、奏から邪険にされても甲斐甲斐しく世話をし続けた。そのおかげで、世間知らずで子どもだった奏は独り立ちできた。悔しいがそれは紛れもない事実だ。独り暮らしをはじめる際はガスや電気、ネットの契約など丁寧に（ときおりめちゃくちゃ怒りながら）教えてくれたし、今奏が働いている会社も清晴の紹介だった。

そして、定期的に連絡をしてきて、夜に食事に誘ってくる。端から見ればかなり親しい関係に映るだろう。

でもそれは奏の様子を確認するためで、そこには恋愛の〝れ〟の字もなければ、友情の〝ゆ〟もない。ただただ、奏がバカなことをしでかしていないか、監視しているだけだ。

それも、もうそろそろ終わりにしてもいい頃だと思う。

これまでも何度かそう伝えたけれど、そのたび清晴に「奏が俺を安心させてくれたら終われるんだけどな」と言い返されて今に至る。

清晴は一体いつまでこの関係を続けるつもりなのだろう。

「なあ、奏のおすすめは？」

テーブルの上で腕を組んでぼーっとしていると、清晴がメニューを見ながら訊いてきた。そういえば、清晴が奏を名前で呼ぶようになったのはいつからだったっけ。

「おい、奏。なにぼーっとしてんだよ」

「ああ、ごめん。妙な縁が何年も続いてるなーってしみじみ思ってた」

「しょうもないこと考えてんだな、相変わらず。なんでもかんでも理由や意味を考えるのが趣味なのか？」

「清晴はよくもまあ、そんなに次から次へと嫌みを口にできるよね」

まるで嫌み製造機だ。

「で、おすすめは？」

おすすめおすすめうるさいな、と呆れてしまう。奏がよく食べるものを教えたところで、清晴はそれを注文しない。食の好みがまったく合わないことくらい清晴だって知っているくせになぜ訊いてくるのか。

「オムライスでいいんじゃない？」

「俺が好きそうなやつを教えろって言ってんじゃねえよ」

「あーもう、うるさいなあ。どうせオムライスにするんでしょ」

「いらっしゃいませー。お決まりですか？」

言い合っていると、奏の分の水の入ったグラスを持って琉生がやってきた。顔を上げて彼の顔を見ると、いつもどおりにっこりと笑みを浮かべている。

清晴のせいで彼のことが頭からすっかり抜け落ちていた。

昨日、琉生はバイトを休んでいて、店にいなかった。もしかして奏の家を出て行ってから野宿でもして風邪を引いたのだろうか、と心配になりつい オーナーに訊いてしまった。けれど、元々シフトに入っていなかったらしい。

元気な様子で店に立っている琉生の姿に、体を壊していなかったんだなと安堵《あんど》する。

「オムライスひとつ、と、ホットコーヒー、ブラックで」

思わず口を開いて、大丈夫だった？　と言ってしまいそうになった瞬間、清晴の注文が聞こえて言葉を呑み込む。

やっぱりオムライスにするんじゃないか、という思いと、清晴の前で金曜日のことを口にしてしまうところだった、という動揺と、なんで今日に限ってここに清晴がいるんだ、という苛立《いらだ》ちが胸に広がる。

琉生を家に上げたことは、清晴には知られてはならない。

「奏さんは？　いつものっすか？」

「あ、うん、ＢＬＴサンドウィッチセットと、紅茶のストレートで」

「かしこまりましたー」

メモにボールペンでオーダーをささっと書き込んでから、琉生は清晴に視線を向けた。そして「奏さんの彼氏さん？」と首を傾ける。

「いや、俺はただの監視役」

「ただの顔見知り」

「はは、友だちでもないんですか？」

清晴も奏も心底嫌そうな顔で否定をしたからか、琉生がくすくすと笑った。

「でも彼氏じゃなくてよかったです。彼氏だったら金曜日お邪魔したこと内緒にしなきゃいけないかと思って。じゃ、今日のお代は晩ご飯のお礼ってことでサービスしますね」

「え、いやいや、いいよそんなの」

「そんなこと言わないで受け取ってくださいよー」

そう言って琉生は少々お待ちくださいーと来たときと同じような軽やかな声を残して去っていく。いや待って、と引き留めようとしたところで、清晴がじっとりとした視線を奏に向けているのに気づいた。そして彼は「おい」と足元から響くような低い声を発する。

「なにしてんの、奏」

「……いや、べつに。ただちょっと、困ってたから、家で、ご飯を」

「はあ？　家に上げたのか？　女の独り暮らしの家に？　バカじゃねえの？　なにかあったらどうすんだよ。なにしてんだ」

清晴がぐちぐちと説教をはじめる。監視役モードに突入だ。彼の小言は長いうえに言葉がキツい。

「でも、顔見知りだし、あの子大学生だし、それに、お金も家もないって言って寒空の下公園でお腹空かせて寝てたから」

「そんなの奏には関係ないだろ。顔見知りはただの他人だ」

「そう、だけど……」

清晴の言っていることは正しい。なにも間違っていない。けれど、奏だってなにも考えずにほいほいと彼を家に上げたわけではない。もう二十七歳で、それなりの判断は下すことができるし、もしもの際は自己責任だとも思っている。恋人でもなければ友だちでもない清晴に小言を言われる筋合いはない。

と、奏の立場で口に出すわけにはいかないことも理解していた。

「やっと最近奏は自分のことも考えられるようになったと思ってたのに」

「もとから考えてるよ」

「考えてねえだろ。奏はいい加減に、そのお節介やめろよ」

ひとの私生活に首を突っ込んできて心配して怒る清晴も同じようなものだと思うけど、とも、口にしない。

「……わかってる」

「自己満足からの偽善は、自分も相手も、破滅させるぞ」

わかってるってば！

大声を出したい気持ちをぐっとこらえて奥歯を噛んだ。無意識に手を重ねて左手の小指を右手で隠す。その仕草だけで奏の心理状態を察した清晴は、わざとらしくため息を吐く。

「昼飯、ちゃんと、おごってもらえ」

「なに、それ」

「せめて与えた分は、返してもらえ。相手が返すって言うなら受け取れ」

そういうのは貸し借りみたいで好きではない。だって、親切に対価なんてものは存在しないはずだ。けれど、奏は「わかった」と素直に頷いた。奏の返事に清晴はこれ以上はやめとくか、といった様子でグラスを手にして口をつける。

顔見知りはただの他人、か。

清晴のようになりたいわけではないけれど、彼の中の〃自分〃と〃自分以外〃を明確に切り離して考えられる潔さには、憧れ嫉妬する。

でも、清晴とつき合う彼女は、大変だろう。ちょっとの失敗でもめちゃくちゃ怒るに違いない。たしか今は年下の彼女と一年ほどつき合っているはずだ。

出会ってからかれこれ十一年。奏の記憶ではそのあいだ、清晴がつきあったのは三人だ。高校二年のときに三ヶ月、大学のときに半年。そして、社会人になってからの現在進行形の彼女。清晴が恋人と長続きしないのは、このキツい性格のせいだと思う。

雰囲気イケメンと言われる清晴は、かっこいいわけではないけれど人目を引く。が、中身――竹を割ったようなはっきりとした思考と物言い――を知れば女性の八割はショックを受けて離れてしまう。奏はすでに慣れているとはいえ、清晴が彼氏だったら確実に一週間で逃げ出す。

今の彼女のことは話の流れで知っただけなので詳しいことは知らないが、こうして奏と清晴がふたりきりで食事に出かけていることをどう思っているのだろうか。奏が気を遣って一度清晴に確認したとき、「は?」と心底意味がわからないという顔をされたので、それ以来気にしないことにした。清晴はそういう男だ。自分のしたいように行動し、自分のためだけに生きている。

――けれど、さすがに清晴が結婚したら、この奏との関係は終わるだろう。

こんなことを考えるのは、数日前、高校時代の友だちから結婚報告を受けたからだ。

「清晴は結婚するの？　今の彼女と」

珍しく奏から彼女の話をふられたからか、清晴が眉間にシワを寄せ怪訝《けげん》な顔をした。

「え、なに急に、こわ」

「なにが怖いのよ。心配してるんでしょ」

ドン引きだとでも言いたげに体を引かれる。なんでそんな反応をされなければいけないのか。

「いつまでも私の監視なんかしてたら、結婚できないんじゃないかなって」

「べつに結婚しなくてもいいし、どうでもいいんだけど」

どうでもいいとはあまりに彼女に失礼なのでは、と文句を言おうとすると、お待たせしましたー、と琉生がやってきて目の前に料理を並べた。

清晴は行儀悪く肘をつきながらスプーンでオムライスをすくう。奏が手を伸ばしてテーブルの上の彼の肘を軽く払うと姿勢を正した。こういうところは素直だ。

「ねえ、今つき合ってる彼女と結婚しないの？」

「まだその話かよ。しないな」

あまりにきっぱり言い切るので、もしかして彼女にも結婚する気がないとはっきり伝えているのかもしれない。なるほど、お互い了承済みなのか。

「自分の生活リズムを他人に乱されるとか、俺には今さら無理だわ」

長く独り暮らしをしていると、他人と一緒に生活するのが苦痛になるひとがいる、という話は聞いたことがある。清晴は元々がそういうタイプだ。

我が道を貫く生活を送る清晴を受け入れている心の広い彼女を尊敬せざるを得ない。じゃなければ、巻き添えを食らって一方的に我慢を強いられているかだ。そうでないことを祈る。

「俺は俺がいちばん好きだからな」

「そうだろうね」

「他人を気遣うのは無理、面倒くさい、邪魔」

「でしょうね」

堂々と口にするのはどうかと思う。

そしてふと、今さらな疑問が浮かぶ。

「私の世話は？　めちゃくちゃ清晴の生活に邪魔だと思うけど」

目的が状況確認だとはいえ、奏にこまめにメッセージを送ったり、一緒にご飯に出かけたりするのはなかなか面倒なことだと思う。出かけるよりゲームをするほうが好きなくせに。できる限り家にいたいくせに。

そう訊くと、清晴は「もう慣れた」と答える。慣れたということは、最初はめちゃくちゃ面倒だと思っていたってことだ。わかってはいたけれど。

「俺はともかく、奏はさっさと結婚しろ。まともな相手と」

まともな相手とはなんなのか。

「こないだも言ったでしょ。今は興味ない」

ふるふると頭を振って断る。

「今はってことは、いつかは興味持つのか?」

「さあ? でも、この先一生誰とも結婚しない、とも思ってないよ」

社会人になると、出会いは少なくなる。奏が勤める会社のように小さくてなおかつ男性は四十前後の既婚者しかいないとなると、外に出会いを求めるしかない。でも、結婚どころか恋愛に対しても、そこまでの熱量を奏は持てないでいる。今の奏は自分のことだけで手一杯だ。昔のように、あまりに滑稽《こっけい》で愚かな自分になるのかもしれないと考えると、怖くて心がすくむ。でも、このままでいたいわけではない。

「いつか、もしかしたら、ね」

たとえ今の奏には真っ白な未来しか見えなくとも。

「なら、その指、もういい加減なんとかしろよ」

清晴はちらりと奏の左手に視線を向けた。

「またその話？　清晴はしつこい」

「この件だけはいつまでも頑固だな」

ちっと舌打ちをして、清晴は食事を続ける。

なくなった小指は、足の指を移植するだとかなんとかいう方法で、見た目を誤魔化すことができるらしい。そんなことをするつもりは微塵もなかったので、奏は医者からの説明すらまともに受けていない。奏が知っている情報は映画かドラマか漫画で聞きかじった曖昧なものだ。けれど、清晴も言うくらいなのでなにか方法はあるのだろう。

口うるさい清晴に、奏は文句を言いつつ大抵のことは素直に従っているが、これだけは受け入れられない。

小指の不足によって諦めなければいけなかったことはある。日常生活では左手に力が入らずよく物を落とすし、ひとから好奇の目で見られることもある。ひとに気を遣わせるので申し訳ないとも思う。

けれど、小指がないのが、自分なのだ。

欠けた小指は、奏の心に穴が空いていることを思い出させる。

それを別のもので埋める気はない。

すべての原因が他の誰でもない、自分のせいだから。

左手だけでサンドウィッチを掴むと、パン生地から具がぼとぼとと落ちそうになった。慌てて右手を使い大きく口を開けて頬張る。それを清晴は、うんざりした顔で見つめていた。

「とにかく、あんまり安易にひとに深入りするなよ」

わかってるよ、と奏は咀嚼《そしゃく》音にまぜて曖昧に答えた。


それでも、結局奏のことを最も理解しているのは清晴なのかもしれない。

「奏さん、料理うまいですよね」

「……お湯で温めただけだよ」

もりもりとレトルトカレーを頬張る琉生に、奏は頭を抱えながら答えた。もちろん、場所は奏の家だ。時刻は夜の七時過ぎで先週よりも早い時間だとはいえ、またもや琉生を家に入れてしまった。

なぜこんなことになったのか、と自分に問いかけても意味がない。仕事帰りに公園で琉生がぼへーっとベンチに座っていたのを見かけて声をかけたのは奏だ。そして、お腹が空いているという彼を家に招いたのも、他ではない奏自身だ。

今日の昼、清晴に帰り際までグチグチと嫌みや小言を言われたというのに、その日の夜に同じことをしている自分に自分で呆れてしまう。

食べっぷりのいい琉生を見て、はあ、とため息を吐く。そして、自分の目の前にあるカレーをスプーンですくってぱくりと口に含んだ。

「また今度お昼おごりますね」

「そんなことしなくていいから、まず自分の生活ちゃんとして」

「たしかに」

うはは、と琉生が笑う。

笑いごとか、と心の中で突っ込み、この軽さが大学生という若さなのだろうかと考える。奏が大学生だったのはたった五年前で、それほど昔のことではない。けれど、あの頃の自分も彼のように無謀で楽観的だった。琉生を見ていると、過去の自分の浅はかさを痛感する。

「琉生くん、学校にはちゃんと行ってるの？　しょっちゅうバイトしてるし……」

口にして大きなお世話だと気づき、続きの言葉を呑み込む。

自ら彼に近づいてどうするんだ。

まずい、と思った奏に気づかず、琉生は「大丈夫っす」と答えた。

「授業のある日は昼過ぎまでとかで働いてるんすよ。家がなくても課題は学校でやればいいんでなんとかなってるんですよねえ」

「……課題？」

懐かしい単語に目を瞬かせる。

「あ、おれ、芸大なんですよ。言ってませんでしたっけ？」

「そうなの？　じゃあ琉生くん、私の後輩になるんだね。私は音楽学科だったけど」

思いがけない接点に、彼に対してわずかに残っていた警戒心がなくなっていく。後輩という単語は、世話を焼いても許される免罪符のように思えた。

「写真学科です」

「写真か。それでカメラ持ってるんだ。あ、今日私と一緒に店にいたひとも同じ大学なの。あいつはデザインなんだけどね」

へえ、と琉生は上の空のような返事をした。この偶然に驚いているのは自分だけらしい。

あの喫茶店は、奏の家と大学のちょうど中間に位置する、いくつもの鉄道が通っている駅の近くにある。なので当然芸大生の行き来が多い。琉生にはそれほど珍しいことではないのかもしれない。

「奏さん。音楽、できるんですね」

カレーを飲み込むように、彼が喉を上下させてから口にした。

「昔はね。ピアノ講師もしてたけど、今は辞めてちがう仕事」

「その、手のせいですか？」

はっきり口にしてくれてよかった、と思う。

そうだよ、と頷いて左手を彼に見せる。一本欠けて四本しかない、奏の左手。

「ピアノは昔から弾いてたんですか？」

「そう。はじめはヴァイオリンのためにピアノを習いはじめたんだけど、ピアノのほうが好きになったからヴァイオリンはやめちゃった」

「奏さんのピアノ弾く姿、見たいな」

「この左手じゃ無理かなあ」

まったく弾けないわけではないけれど、ひとに聴かせられるレベルではない。ごく稀《まれ》に気分転換としてクローゼットに押し込んでいるキーボードを出して、ひとりで遊ぶだけだ。幼少期からピアノに触れていたので、奏の日々から切り離すことはなかなか難しい。ただ、小指を失ったことでピアノがまともに弾けなくなったことには、あまりショックを受けなかった。当時の奏には些末《さまつ》なことで、しばらく経ってからこの先なにをして働けばいいのだろう、と考えただけだ。

「そんなことより、琉生くん、家がないと不便でしょう。なんとかならないの？」

「そりゃあもう不便ですよー。友だちの家を転々とするのも限度がありますしね」

「彼女と、仲直りはしないの？」

それがいちばん手っ取り早いと思うのだけれど。

いや、相手には遠距離恋愛中の彼氏がいたと言っていたのでそれはダメだ。じゃあ別の女性の家ならば、と考えたところで、それを口にするのは大人としてどうなのだろうと躊躇する。ひとの恋愛事情に口出しする気はないけれど、不健全な関係をすすめるような発言は、さすがにまずいのでは。

琉生は奏が頭を悩ませていることに気づいたのか、「どうですかねえ」と笑って言葉を濁すだけだった。

「あ、じ、実家とか」

「それは、無理ですね」

返事のはやさに、地方から出てきているのだと察する。となると友だちの家に行くしかない。いや、学校の近くなら安い寮がいくつもあったのではなかったか。

「清晴——今日喫茶店にいたひとに相談したら、寮探せるかも」

清晴は寮生活ではなかったけれど、まわりには何人かいたはずだ。この方法がいいのでは、と思ったところで、

「奏さん、独り暮らしにしてはいい立地のマンションに住んでますよね」

と琉生が部屋を見渡しながら言った。

「え、ああ、うん」

この辺りは人気が高い地域のため分譲マンションが多く、賃貸でもワンルームで十万前後のところが多い。奏の住むこの部屋は、２ＬＤＫで、奏の給料では到底暮らせるはずのない家賃が発生するが、奏名義で父親が買った一室なので、支払いは毎月の管理費と年に一度の固定資産税のみ。おかげでそれなりに余裕のある生活ができている。

「しかもこの部屋、広いですよね。ひとりじゃ持て余してるんじゃないですか？」

「……狭いより快適だけどね」

不穏な空気を感じた。

琉生の言うように、独り暮らしに十四畳のリビングダイニングに、十畳と八畳の部屋は広すぎる。一部屋はデスクチェアがあるものの、ほとんど使用していない状態だ。けれど、そんなことは口にしない。

奏の返事に、琉生はスプーンを置いて、姿勢を正す。

「おれに、一部屋間借りさせてくれませんか？」

「いや、無理」

間髪を容れずに断った。

さすがにそれは無理だ。絶対無理だ。というかいやだ。いくらお人好しの偽善者でも、そこまではできない。ぶんぶんと顔を左右に振って、拒絶する。

「彼氏がいるとか？」

「いないけど」

「好きなひとがいるとか？」

「それもいないけど」

拒否するように両手を前に押し出してずっと顔を振り続けた。わずかな可能性も与えてはならない。隙を作ってはいけない。

「おれ、結構便利だと思うんですけど」

「いや、そういう問題じゃないし、そんなの求めてないし」

「今日だけでも？」

「無理、むりむり」

たった一泊でも泊めるなんてできない。一緒に暮らすなんて到底あり得ない。自分よりも六歳ほども年下の琉生が自分に対してなにかをするとは微塵も思わないし、奏も琉生にそういう感情はない。それでも、成人した男女なのだ。お金を出すからホテルにでも泊まってくれるほうがマシだ。

「ですよねー」

奏の頑《かたく》なな拒否に、琉生はなんとか引き下がってくれた。答えがわかっていたのかショックを受けた様子もない。思わず安堵の息を漏らし、けれどなんとなく後ろめたい気持ちを抱く。なんでそんなものを感じなくてはいけないのか。前も琉生はなんだかんだ誰かの家で一晩を過ごせたようだし、今日も、そしてこれからもなんとかするに違いない。きっと大丈夫だ。

ベンチにぎゅっと縮こまって小さく体を震わせながら寒さに耐えていた琉生の姿が蘇ったけれど、すぐに頭から追い出した。

「じゃ、今日もありがとうございました」

「……もう、こんなことがないようにちゃんとしてね」

へらりと笑う琉生の返事に不安を覚える。

大丈夫なのだろうか、この子は。

あまりに危うい。今日に限らず、彼は今後、無事に生きて行けるのだろうか。

家を追い出す自分が、気をつけてね、と口にするのは偽善的すぎるなと思い、かわりに前と同じようにカイロをいくつか握らせた。それを受け取った琉生は、まるでとっておきの宝物をもらったみたいに破顔する。よかった、とうれしく思う。同じくらい、胸が痛む。

どうか、雪だけは降りませんように。

彼を見送ってベランダの窓から外を見ようとすると、ガラスには結露ができていた。

◇◆◇

なんとかなるだろう、という琉生の甘い考えは、結局なんともならずに風邪という結果を引き起こした。

徹夜明けは、太陽の光が目に染みる。眉をひそめながら琉生は大学の校門をくぐって、芯まで冷え切っている体を引きずるようにして歩いた。教室にたどり着けば、とりあえず暖まることができる。お昼には体育館にあるシャワールームを借りてすっきりしたい。こういうとき、設備の整っている私立大学の学生であることに感謝せずにはいられない。

くしっ、とくしゃみをすると同時に鼻水が垂れてしまいそうになり、すぐさま洟《はな》をすする。寒気がおさまらず、頭がくらくらしてきた。これは紛《まご》う方なき、風邪の症状だ。最悪だ。

一晩中歩いて寒さに耐えようだなんてバカなことを考えた昨夜の自分が恨めしい。途中で、あまりの寒さに心が折れてファミリーレストランに逃げ込んだけれど、すでに手遅れだったらしい。最初からケチらず雨風凌《しの》げる屋内で大人しくしておけばよかった。

「よう、琉生」

ぽんっと背中を叩かれて振り返ると、友人の桑原《くわはら》が八重歯を見せて笑っている。ずずっと洟をすする琉生に、桑原は眉根を寄せる。心配している、というよりも呆れているような表情だ。

「もしかして野宿でもしたのか？」

「しようと思ったけど、無理だった」

「しようと思うなよ。連絡してくれりゃあいいのに。バカだなあ」

大学で出会った桑原は身長が低いのに加えて童顔で同い年と思えないほど幼いが、見た目とは裏腹にしっかりものの兄貴タイプだ。妹と双子の弟がいるせいか、かなり面倒見がよく、琉生のことをやたらと気にかけてくれる。学校近くの寮で独り暮らしをしているので、何度か泊めてもらったこともある。共同キッチン共同トイレの一部屋六畳もない学生寮なので、敷き布団に桑原と密着して寝なければならない。寒空の下で過ごすことを考えればそのくらいどうってことはないのだが、部屋の主である桑原に狭苦しい思いをさせてしまうので、滅多なことでは泊まりに行かないようにしている。

なによりも、琉生は友人の家に泊まることが、苦手だ。

なにかをしてもらうと、なにかを返さなくてはならない。そうでなければ、友人という関係ではいられなくなるような気がしてしまう。

そう思っているのは琉生だけで、友人は気にしていないかもしれない。少なくとも、桑原にこの気持ちを伝えれば「なに言ってんだ？」と一蹴されるだろう。

でも、できない。

最初から〝きっちり見返りを求められる〟関係ならばとことん頼ることができるのだけれど。それが先々週までお世話になっていた利里子《りりこ》や、他の女性だ。もしくは、一夜限りの相手とか。

ってていうか。

「なんでおれが利里子の家を追い出されたわけ？」

「琉生が浮気したからだろ？」

「してねえし、元々おれは利里子の本命じゃねえし」

桑原は「どっちもどっちってことだよ」と失笑した。自分が悪いとは思えないのだが、桑原の言うとおりだとすればなおさら、一方的に怒られ追い出されたのは納得できない。

琉生が利里子の家を追い出されたのは、十日ほど前のことだ。

利里子との出会いは逆ナンだった。半年前、ひとりで家電量販店に行って疲れてコーヒーショップで休憩していたときに声をかけられた。ふたつ年上で、当時琉生には同棲している彼女――実沙《みさ》――がいたため連絡先を交換したものの友人止まりだった。

一緒に暮らしはじめたのは二ヶ月ほど前で、つき合っていた彼女に別れを切り出されたときだ。数週間後に同棲していた部屋を引き払う予定になっていて、新たに住む家を探していた。そこで連絡をしたのが利里子だ。下心がなかったと言えば嘘《うそ》になる。

利里子がまだ自分に好意を抱いていることを知っていて、利用した。そして、琉生の思惑どおり利里子は『じゃあうちに来なよ』と言ってくれたので、琉生は利里子が彼女になったと認識していた。

利里子に遠距離恋愛中の彼氏がいたことを知ったのは、同棲して一週間後だ。

彼氏がいる女性と同棲なんて、面倒なことになる予感しかないと琉生はすぐに別れを切り出したけれど、利里子に『彼氏とはちゃんと別れる』『琉生が好きなの』と引き留められ、そこまで言うなら寝床がなくなるのは困るし、と関係を継続することに決めた。

——その結果が、今の宿無し状態だ。

「利里子が彼氏とまだつき合ってたとか、おれ知らなかったんだけどな」

「でも琉生は確かめもしなかったんだろ」

そのとおりである。

「実沙の家に泊まったけど、一緒に寝たわけじゃないのに」

「でも、実沙は琉生の元カノなんだから、そりゃまずいだろ」

すべてに正論が返ってくる。

桑原の言うことは正しい。元カノで同じ学科の実沙と一緒にいるときに利里子から

『彼氏が来るから帰ってこないで』とメッセージが届き、困っていた琉生を見かねて実沙が家を提供してくれた。やましいことは一切ない。実沙はその日、友人とオールでカラオケに行く約束があったから琉生を家に泊めてくれたのだ。部屋の掃除と次の日の二時間目の授業の代返を交換条件として。

「せめて黙ってりゃよかったのに」

「隠すようなことをしてないんだからいいと思ったんだよ」

利里子の家に帰るとどこに泊まったのかと聞かれ、正直に答えている途中で利里子は鬼の形相になった。自分のことを棚に上げてヒステリックに怒る利里子を見ると、誤解を解く気がなくなり琉生は彼女に言われるがまま家を出た。

「なんか女性不信になりそうだわ、おれ」

「自業自得だと思うけどなあ」

なんでだよ、と文句を込めて桑原を睨《にら》むと、

「だって琉生、別に好きじゃなかっただろ。一応つき合うっていう形をとっているだけでさ。まあ、それは実沙を含めた今までの彼女全員に言えることだけど」

と図星を突かれた。

たしかに、大学生になってからつき合った誰のことも、琉生は好きではなかった。

寝る場所を確保するために、相手が求める見返りを提供しているだけ。それが、恋人という関係なだけだ。もちろん、中途半端に相手にこたえるつもりはなく、琉生はできる限り求められる振る舞いをした。彼女に優しくし、家事も請負い、負担にならないようにバイト代と親からの仕送りも彼女にほぼ全額渡す。この関係は誠実なものだと思わせるためのアピールだ。幸い琉生には物欲がないので、お昼ご飯代と課題に必要な画材や消耗品さえ購入できる程度のお金があれば満足できる。遊びに行くときは交渉すればいい。そのほうが彼女も安心するのを知っているから。

それは、今までの生活で身につけた防衛策だ。

生活する場所を得るためには、自分にできることを返し与えなければいけない——と琉生は思っている。そうじゃないひともいるだろう。けれど、自分は、相手にとって必要な存在にならなければ家においてもらえないから。

結局、そんな歪《いびつ》な関係の生活は、いつも長くは続かない。大抵『琉生はわたしのことが好きじゃないんでしょ』と泣きながら別れを告げられ、そしてまた別のひとを探す。その繰り返しだ。琉生は自分から別れを切り出したこともなければ、相手に別れたくないと縋《すが》ったこともない。

家がなくなれば、野良猫のように自分に必要なものをくれるひとを嗅ぎ分け、渡り歩いた。そんなふうに大学生になってからの三年を過ごしていた。

——けれど。

「でも琉生が一週間以上も寝床に困るのはじめてじゃね？」

「まあな」

返事をすると、またくしゃみが出た。背中がぞくぞくしてきて、体を縮こまらせる。寒いのに顔が熱くて、冷たい風を浴びるように空を仰ぐと澄み渡る青が広がっていた。

ふと、脳裏に奏が蘇る。

胸にあたたかさが広がる彼女の笑顔に、少しだけ悪寒がおさまった気がする。

今まではそれで充分だったはずなのに。

「誰かいい相手いねえの？」

「……そんな気分になれないんだよ」

誰でもいい、ではなく、奏がいい。

執着という単語は自分の中に存在しないと思っていた。小さな欲しかなかったのに、それは一度でも満たされるとより大きな欲に変化してしまうらしい。成長していく、と言ったほうがいいかもしれない。

「でもさあ、さすがにこの時季に野宿はやばいだろ。実家帰れば？　通えるだろ」

「最終手段だな、それは」

きっぱりと拒否すると、桑原は「事情は知らねえけど、命のが大事だからな」と神妙な顔をして言った。大げさだな、と思ったけれど、この寒さの中ではたしかにやばいかもしれないと思い直す。現に体調不良だ。

利里子に先月渡したお金は返してもらっていない。返せと言うつもりはないが、今、琉生の手元にあるのは二千円ほどだ。これでバイト代が振り込まれるまでの数日を生き延びなくてはいけない。ネットカフェでも二日が限度だし、食費もかかる。

それでも、実家に帰る、というのは、できるだけ避けたい。

実家までは片道一時間半なので帰れないわけではない。そもそも入学当初は私立大学だったこともあり、実家から通うつもりだった。

父は高校に入学してすぐに亡くなり、母親が琉生とふたつ年上の姉を育ててくれた。琉生が大学進学を決めたとき、三歳年上の姉は短大卒業間近で就職が決まっていた。母親は父の保険金は琉生のために残していたからと言って、私立の、しかもお金のかかる芸大だというのに反対もせずに許してくれた。

だから、せめて実家から通い、バイトをして家にお金を入れるつもりだった。けれど、琉生は入学して一ヶ月もしないうちに家を出ることに決めた。その費用を親に出してもらうわけにもいかず、かといって貯金もないので、彼女と同棲することにしたのだ。それから転々と住処《すみか》をかえて過ごしている。

疎遠になっているわけではない。母親にはこまめに連絡を入れているし、年末年始と夏休みはもちろん、ときおり荷物を取りに帰っている。顔を合わせるたびに「ちゃんと学校行っているの」「どこに住んでるの」「彼女とはうまくいっているの？」と質問攻めにされるほど、琉生を心配してくれている。

彼女についてはほとんど話していないので、今も入学当初につき合っていたひとと続いていると思っているかもしれない。住所を聞かれてものらりくらりとかわしているので、もしかしたら薄々勘づいている可能性もある。

母親は琉生がいろんな彼女とつき合い家を転々としていると言ったら、どんな反応をするのだろうか。怒られるのか、泣かれるのか、もしくは、見捨てられるのか。少なくとも姉は、琉生を冷めた目で見つめることだろう。

――『家族だと、思ったことはなかった』

冷たい顔ではじめてその台詞を言われたのは、五年前のことだ。

――『家族でいたいなら、かわりに――』

蘇る姉の声に、頭がガンガンと痛みだす。

ギブアンドテイクの関係は、赤の他人とでなければならない。そうであれば、受け入れることができる。それが当たり前なのだと理解ができる。

けれど、琉生になんの見返りも求めず、手を差し伸べてくれたひとがいた。

寒さに震え空腹に耐えていた琉生を見て、奏は戸惑いながら家に招いてくれた。さすがに泊めてはくれなかったけれど、お礼をすると言うと不思議そうな顔をした。

まるで、無条件で受けいれてもらったような錯覚に陥った。

彼女は、与える側の人間なのだ。

それはとても心地よくて、あたたかくて、あの家に帰れる毎日は、きっと幸せだろうと思う。あんなひとに一度でも触れてしまうと、与えられて見返りを求められる、そんな生活を過ごす自分が惨めに思えてしまう。

「帰りたいな」

無意識に言葉をもらした。

日が沈むと、体中の寒気はどんどんひどくなった。

にもかかわらず公園のベンチに座っている自分は、どうかしている。

寒い寒い、という言葉を口の中で転がすように何度も呟きながら、少しでも寒さを体から逃がすように足を上下に揺らす。

公園にある時計を見ると、七時を過ぎている。当然まわりに子どもはいない。聞こえてくるのは近くにある大通りを走る車の音だけだ。そこそこ人通りはあるけれど、高級感あふれる土地だからか、騒がしく行き交うひともいなかった。

そろそろやってくるだろうかと、霞《かす》む視界でちらちらと奏が通るであろう道を見る。はじめて会ったときは金曜日の深夜だったけれど、その次に会った火曜日は七時前後だった。今日もそのくらいに帰ってくるはずだ。そうでなければ、このまま倒れてしまう。体調は昼間とは比べものにならないほど悪化して、意識が朦朧《もうろう》とする。視界が揺れる、頭がガンガンと内側から殴られているかのように痛む、寒いのに汗が浮かぶ。

もしここで意識を手放したなら、奏は自分を見つけてくれるのだろうか。

そのとき奏は、どうするのだろうか。

重くなってきた瞼《まぶた》を閉じると、真っ黒な視界に奏の笑顔が浮かんだ。

あまりにも眠いので、ここでしばらく寝たら気分が楽になるのでは、と思ったとき、不自然な足音が聞こえてきて目を開ける。カツカツと、ヒールが地面を踏みならす音だ。それはどことなく緊張感を漂わせていた。不穏なものを感じて、琉生は重い体を引き上げるように立った。なんとか前に踏み出した瞬間、すぐそばからひとりの女性――奏が目の前に現れ、「ひ」と息を呑んだような声を発する。

目を見開いた彼女の表情には驚愕《きょうがく》だけではなく、恐怖も滲《にじ》んでいた。

「どうしたんですか」

突如現れた自分の姿が怖かったのだろうか、と思ったけれど、彼女は視線をちらりと背後に向けて震えていた。いやな予感を抱き、琉生は奏の肩に手をのせて彼女を引き寄せ、背後を確認する。暗闇でよく見えなかったけれど、ひとつの人影が見えた。相手も琉生に気づいたのか、ぴたりと動きを止めてから、ゆるりと方向転換をする。

変質者だろうか。

そう思うと手に力が入り、奏の肩をぎゅっと握ってしまった。痛みを感じたのか奏がびくんと反応し、琉生は「すみません！」と慌てて手を放す。

「いや、大丈夫」

「あの、もしかして、誰かにつけられてました？」

「なんか、ちょっと……あ、でも、気のせいかも、なんだけど」

さっきまでふわふわしていたはずの意識が、焦点が合ったかのようにはっきりしている。同時に怒りが込み上げてくる。

「まだ、七時だし、たぶん、なんでもない」

「時間は関係ないですよ。人通りが多くても、夜でも昼間でも、変なヤツはいます」

「でも」

「怖い目に遭ってるのに、なんで否定してるんですか。知り合いですか？」

奏はふるふると首を振って否定をした。

彼女が話をするたびに、口元の空気が白く染まって儚《はかな》く消えていく。息が少し乱れているのか、はふはふと呼吸音がかすかに耳に届いた。

「駅で、鍵を落としたから、拾ってあげただけ……そしたら、お礼をしたいって言ってきて、断ったんだけどついてきて……」

そんなときに公園を通るのはどうかと思ったけれど、そのおかげで助けることができたから黙っておく。奏なりに、家までついてこられないようにという考えもあったのかもしれない。

「家まで、送ります」

とにかくこのまま奏をひとりで帰すわけにはいかない。震えている彼女の手を摑《つか》むと、一本足りない彼女の左手に、胸が締めつけられた。

足りていない。

奏と喫茶店で出会ってから、彼女にはなにかが欠けているとずっと感じていた。もともとあったはずのものが、そこにない。それは、小指なんかではなく別のなにかだと思う。それを隠そうとしているのか埋めようとしているのかはわからないけれど、笑みを極力封印して気丈に振る舞う奏は、見ていて痛々しい。

誰にも頼ろうとしないで必死に背筋を伸ばしているのに、その姿はどこか彼女の弱さを感じさせる。手を放したら、いつのまにか息絶えていそうな気さえする。さっきまで笑っていたのに、目を離した隙《すき》に、同じ場所で同じ笑みを浮かべたまま、呼吸を止めていそうだ。

だから、その手をしっかりと握る。

こうしていれば、相手のぬくもりが肌から伝わってくるから。

奏は琉生に流されるように黙ってついてきた。

念のため後ろを確認しながら奏のマンションに向かう。念入りに誰もいないことを確認してからエントランスをくぐってエレベーターに乗り込んだ。彼女の部屋の前に着くまで琉生は奏の手を放さなかった。奏の右手が小刻みに震えながら部屋の鍵を開けるあいだも、ずっと。

ドアが開かれて、奏が上目遣いで琉生を見る。

「あの、ありがとう」

「いえ、はやく中に……」

無事に送り届けることができた――という安堵でふっと体から力が抜けた。決して放してはいけないかのように繋がっていた彼女の手が、するりとこぼれ落ちる。

「あの、琉生くん？」

横から、奏の不安そうな声が届く。けれど、琉生はその言葉に反応ができない。さっきまでまっすぐ歩けたのが不思議なほど、足元が揺れていた。立っていることすらできず、壁に手をつく。ぐわんぐわんと視界が歪み崩れていく。

「琉生くん？」

はい、と返事をしたいのにできない。

霞む視界に、彼女の手が見えた。やっぱり足りてない手だ。

その欠けたものを埋めるかのように、琉生の手が再び重なった。


喫茶店で奏を見かけたとき、彼女の小指がないことにはすぐに気がついた。それはかつて、たしかにあったはずなのに。

「ＢＬＴサンドウィッチセットと紅茶のストレート」

彼女の注文はいつも同じだった。同じなのに、なぜか毎回律儀にメニューを眺めるのが不思議だった。

琉生がバイトをはじめる前から奏は店の常連のようで、オーナーによると平日は毎日お昼を食べに来ているらしい。サンドウィッチと、紅茶。夏はアイス冬はホットで、必ずストレート。

「お待たせしました」

「ありがとう」

料理を運んでも、水を入れても、無視するひとは多い。けれど、奏はいつもお礼を言った。ただ、心からの感謝というより癖のようで、目は合わない。彼女と視線を交わすことができるのは、会計のときだけだった。

奏は、他人を拒絶するかのような冷めた瞳をしていた。目の前に琉生がいるのに、彼女の目に自分は映っていなかった。

「いつも同じメニューっすね」

と何気なくそれまで必要最低限しか話していなかった奏に声をかけると、彼女は怪訝な表情を隠そうともせずに「はあ」と警戒心むき出しの素っ気ない返事をした。その後、どれだけ話しかけても彼女は琉生とのあいだに高い壁を作って接した。会話が増えても、それはそう簡単に壊れることはなく、名前で呼び合うようになっても彼女は琉生と一定の距離を保っていた。

その頑なな態度が、一瞬だけ緩和されたことがある。

会計時、奏の前に立っていたひとにおつりを渡そうとして小銭を落としてしまったときだ。奏は慌てふためく琉生のそばに近づき小銭を拾ってくれた。ありがとうございます、と言うとほんの少しだけ頰を緩め、その直後にハッとして顔を引き締めた。

彼女はあえてひとに近づかないようにしていた。それは、誰とも親しくならず、ひとりで生きていくと決めているかのように見えた。

考えすぎかもしれない。けれど、そう思わずにはいられない。

――あまりにも、琉生の記憶の中の奏とちがうから。

琉生がアルバイトをはじめた喫茶店に奏がやってきたのは、偶然だ。

奏と接点ができただけで奇跡のような出会いだと思った。

最初は、店で会えればよかった。週に何度も会えるようになると、話をしてみたくなった。多少親しくなると、名前で呼びたくなり、呼んでほしくなった。すると今度は店以外で会ってみたくなった。

琉生がはじめて奏の家に行った日も、偶然だった。

彼女の面影を求めていたことは否定できない。喫茶店でなんとか聞き出した彼女の個人情報を頼りに、奏の住むマンションの最寄り駅だと知ったうえでまわりをうろついていたのだから。

そんなストーカーまがいの行動を起こしたのは、ただ、彼女をひと目見たかっただけだ。決して、家に上がり込むつもりなどなかった。たまたま見つけたあの公園を奏が通るかどうかさえわからず、運に身を任せて、出会えたらいいなと可能性の低い夢を見ていただけだ。期待は微塵もしていなかった。

幸運にも会えると、彼女にもう少し近づきたくなった。ダメ元でご飯を食べさせてくれないかなと言ったら家に上げてくれて、するとまた、行きたくなった。

そして――。

ささやかだった喜びが、小さな欲をうんで、それが満たされると、また足りないものがうまれてくる。それが補われると、欠けているものすべてを、欲してしまう。

ずっと、奏のそばにいられたらいいのに、と。

◇◆◇

ベランダのガラス戸から朝日を見つめ、奏はしばらく考える。

時間はすでに八時半で、いつもなら会社に向かって電車に揺られている頃だというのに、奏はまだ身支度もせずに家の中にいる。

「どうしようかなあ……」

ううーんと口の中でうなり、手にしていたスマホを見る。

悩んでいるけれど、すでに奏の答えは決まっている。行動に移す決心がつかないのは、ちらちらと清晴の顔が浮かぶからだ。正確には、清晴の小言が。

なんで清晴のことを気にしなきゃいけないんだと自分に苛立つけれど、取り返しのつかない過去に巻き込んでしまった負い目から、どうしても無視することができない。

はあっとため息をついてから寝室を覗《のぞ》く。

普段奏が使用しているベッドで、琉生がすうすうと寝息を立てていた。

昨晩、落とし物を拾った相手にしつこくからまれ逃げていたときに、琉生に助けられた。恐怖に震えていた奏の手を握り、琉生は家まで送り届けてくれた。

と思ったら、玄関先で琉生が倒れたのだ。

額に手を当てれば明らかに熱があり、何度呼びかけても目を覚まさない琉生を必死に引きずるように支えてベッドまで運んだ。その後、奏は琉生の額に冷却シートを貼り、朦朧《もうろう》としている彼になんとか市販の風邪薬を飲ませ、今に至る。

彼はまだ起きる気配がない。冷却シートを剝がしてそっと額に手を当てると、まだ明らかに体温が高かった。でも、苦しそうにうめき声を上げていた夜中の様子と比べれば随分落ち着いている。呼吸も安定しているし、もう大丈夫だろう。

だからといって、琉生を起こして外に追い出すことはもちろん、彼を残して仕事に行くわけにもいかない。彼はまだ病人だ。

となると、することはひとつしかない。幸い、奏の有給休暇はたっぷり残っている。

「よし」

気合いを入れてから、奏はリビングに戻って会社に電話を入れた。

体調不良のために一日休ませてほしい、と伝えると、社長は「ゆっくり休んで。もし明日もつらかったら無理せずに」とやさしい言葉をくれた。嘘を吐いた罪悪感に耐えて電話を切り、ソファに横になる。

会社を欠勤するのははじめてで、電話をするだけでどっと疲れてしまった。琉生が目覚める前にスーパーに行きたいし、薬局にも寄りたい。なのに一晩中琉生の看病をしていたこともあり、なかなか体を起こすことができない。仕方ないので少し休憩しようと目をつむると、すぐに微睡《まどろ》んでしまう。

そのまましばらくうとうとしていただけ、のはずだったのだけれど、ことん、と小さな物音がして目が覚めた。もしかして寝てしまっただろうかと時間を確認すると、十一時過ぎになっている。いつの間に二時間半も寝てしまったのか。

やってしまったと額に手をあてて上半身を起こすと、リビングの入り口に琉生が眉を下げて立っていた。服のまま寝ていたこともあり、衣服はヨレヨレになっている。

「おはよう。体調はどう？　体気持ち悪いならシャワーでも浴びる？」

「あ、はい、大丈夫です。あの、すみませんでした」

普段は飄々とした雰囲気の琉生がおどおどしている。こうして見ると彼はやっぱり大学生の若い男の子だ。二回ほど図々しくも食事を欲してきた（おまけに泊めてとも言っていた）のに、この状況はさすがに申し訳なく思っているらしい。からかったら顔を真っ赤にして涙を流すのではないかと想像すると、かわいくて頬が緩んでしまう。

「あの、奏さん、仕事、は？」

「たまたま有給取ってたの、今日。だから気にしないで」

病み上がりに気を遣わせるのもどうかと適当なことを言ったけれど、嘘だとわかった琉生はますます眉を下げて「すみませんすみません」とへこへこと頭を下げる。

「とりあえずお風呂で汗流す？　あ、でも下着がないか」

「いや、着替えは大丈夫です。一泊分ならあるので」

なんであるんだ。

疑問が顔に浮かんでいたのか、琉生は「家がないので」とへらっと情けない顔で笑った。なるほど、と思いつつも、その生活はどうなのか。

「じゃあ、水分とってから洗面所に」

お湯に入ったら熱がぶり返す恐れがあるから、シャワーで汗を流してもらうぐらいで、お湯をためる必要はないだろう。タオルを用意して、シャワーでバスルームを軽く暖めてから彼を案内した。そして、そのあいだに奏はおかゆの準備をはじめる。

十五分ぐらいでお風呂から出てきた彼は、さっきよりも随分とスッキリとした顔をしていた。若いからか回復もはやいのかもしれない。

手早く用意したおかゆを彼に差し出すと、イカ耳の猫のようだった琉生はいつもの溌剌《はつらつ》とした雰囲気でそれを頬張った。食欲もじゅうぶんあるようだ。

おかゆのレトルトがあればよかったのだけれど、さすがにストックしていなかったため、スマホでレシピを探して作った。滅多に料理をしない奏は味に自信がなく、びくびくと彼の様子を窺《うかが》う。幸い問題はなかったらしく、琉生はすぐに器を空にした。念のため薬を飲んでもう一眠りしてもらったほうがいいだろう。

「あ、すみません！　バイト先に電話してもいいですか」

はっとして琉生がスマホを取り出した。電話で「何度も連絡もらっていたのにすみません」「風邪を引いてしまって」「本当に申し訳ありません」と何度も頭を下げる。

窓が、風でカタカタと揺れて視線を向ける。

今日もまだ外は寒い。琉生がこうして体調を崩したのは、家がないことを知りながらも泊めることを拒否した自分のせいのように感じてしまっている。

そんなはずはない。自分はできる限りのことをした。

そう思っていても、罪悪感が拭えない。

「奏さん、大丈夫ですか？」

テーブルに両肘を突いて頭を抱えていると、やさしい声が聞こえてきた。

「え？　いや、私はなにも」

大丈夫か訊きたいのは奏のほうだ。首を傾《かし》げて顔を上げると、

「変なひとに、あとをつけられてたんですよね」

と、琉生が奏の本音を探るように、まっすぐな視線を向けてくる。

きれいな双眸《そうぼう》に目が惹きつけられて、一瞬だけ息が止まってしまった。そのあとで、彼が言った言葉を脳内で繰り返し理解する。

「ああ、うん、大丈夫だよ。琉生くんが、一緒にいてくれたから」

思い返せば、あれほど恐怖を感じる必要はなかったかもしれない。

相手の酒の匂いに酔っていると思って自分は過敏に反応してしまったんじゃないだろうか。もしかすると、本当にお礼がしたいと思っただけ、もしくはたまたま帰る方向が同じだっただけかもしれない。

それでも、怖かった。琉生がいなければ、家に帰ってからもずっと怯《おび》えていただろう。けれど、ついさっきまで自分を守ってくれたひとが突然意識を失ったことで、そんなことはすっかり忘れていた。

琉生に手を握られたとき、妙な熱さに違和感を抱いた。奏に会う前からすでにひどい熱だったにちがいない。そうとうしんどかったはずなのに、奏の家に着くまで、彼はそんな素振りを見せなかった。しっかりとした足取りで、背後を確認しながら奏のとなりにいてくれた。自分のために、不調を隠してそばにいてくれた。

玄関で倒れてしまったのは、自分を守ろうと気を張ったことの反動ではないだろうか。

思い出すと、申し訳ない気持ちと、彼のやさしさに、胸が苦しくなってくる。

「慰めましょうか？」

琉生がにこっと屈託のない笑みで両手を広げた。一瞬、視界が弾《はじ》けたような衝撃を受ける。そして、この胸に飛び込んで泣いていいんだよと、どこか自信満々な琉生の言動に噴き出す。

「いらないし。風邪うつされたくないし」

「うわ、ムードないっすねえ」

なんのムードだ。

ちゃらんぽらんな琉生の言動は、計算なのか天然なのか。どちらにしても、肩の力がちょうどいい具合に抜ける。ほんの少しときめいてしまったけれど。イケメン男子の笑顔の破壊力は恐ろしい。まだ胸がしびれている。

ドライヤーをかけたはずの彼の髪の毛は、ほんのりと濡れていた。ちゃんと乾かさなくては体がまた冷えるかもしれないのに。

「琉生くんのほうが、心配だよ」

いろんな意味で。

呟くように小さな声で彼に伝えると、困ったように眉根を寄せて、口元を歪ませる。

「おれは、大丈夫ですよ。どうにでもなりますから」

「たしかに、琉生くんは最悪の状況でもなんとかしそうだね」

家がなくても、お金がなくても、彼はどうにかして生き延びそうだ。惨めさなんかを抱えることなく、琉生のままで。そして、どうしようもなくなったときは、いつのまにか姿を消していそうだ。

「奏さんは、静かに弱っていきそうで、そのほうが心配です」

ははは、と乾いた笑いが無意識にこぼれた。

「琉生くん、家は……まだ、ないの？」

「えーっと、そうですね」

バツが悪そうに頭を掻《か》いて、琉生は目を伏せた。

「家族も、心配してるんじゃない？」

そう訊くと、彼は「あ、いえ、あ、はい」としどろもどろに答える。表情が瞬時に強ばり、視線が泳ぐ。なぜ実家の話でそんな表情をするのだろう。ただ実家が地方にあって帰れない、というだけではない理由がなにかあるような気がした。

事情を話して。

そう言いかけてすんでのところで呑み込んだ。

相手に深く関わるな、と言った清晴の声を思いだし、気持ちを落ち着かせる。今ここで彼のことを知る必要はない。知らないほうがいい。

ただ、もう手遅れじゃないか、という予感が奏の中に生まれる。

すでに、奏は琉生に手を差し伸べてしまった。寝泊まりする場所のない野良猫のような彼を、再び放り出すことが自分にできるのか。また体を壊すかもしれないのに。今回よりもひどい状態に陥るかもしれないのに。

そんなことになったら、自分は罪悪感に押しつぶされてしまわないだろうか。

「今までなら、適当にでも、決めてたと思うんです、けど」

黙って考え込んでいると、琉生はテーブルの上で組まれた両手をもじもじと落ち着きなく動かしながらくぐもった声で言う。

「おれは、奏さんのいる、この場所に……」

声に出している最中に我慢できなくなったのか、顔を真っ赤にして突っ伏してしまった。そして「こんな言い方じゃなんか違うんです」「そうじゃなくて」ともごもごと何度も言い直す言葉を探した。

じっと見ていると、琉生はそろりと顔を上げて縋りつくような瞳を奏に向ける。潤んでいるように見えるのは、風邪のせいだからだろうか。

手を伸ばして、髪の毛に触れたくなる。

大丈夫だよ、と安心させてあげたくなる。

――かつて〝彼〟にそうしたように。

ダメだとわかっているのに、声に出したくて口が震える。喉が渇いて、ヒリヒリする。

「すみません、奏さんを困らせたいわけじゃ、ないんです」

奏がなにも言わないことを彼はどう受け止めたのか、諦めたみたいに虚《うつ》ろな目をして、それでも口の端を引き上げて言った。

この状況で彼の手を掴まなければ、琉生は今後二度と、奏に近づいてこないような気がした。どんな状況に追い込まれても、迷惑をかけまいとして。いや、奏だけではなく、この先、誰にも近づかないかもしれない。

彼は傷だらけなんだ、と思う。痛みを隠して気丈に振る舞っているだけだ。

そう思うのは、自分のすることを正当化したいだけかもしれない。

「猫を飼ったと思えばいいか」

「――え?」

「……家が、見つかるまでなら、ここにいる?」

もうその言葉を呑み込むことはできなかった。

琉生は目をまん丸にしてから、弾けたように破顔した。

「い、いいんですか！」

「家が見つかるまで、寝る場所を与えるだけだから。それだけ」

身を乗り出してあまりに琉生がうれしそうに目を輝かせるので、むずむずする。かすかに胸に残っていた躊躇や後悔は、一気に飛散して消えた。琉生がこんなふうに受け入れてくれると、奏の方が救われたような気持ちになる。

「とりあえず薬飲んで、もう一眠りして」

「はい！」

威勢のいい返事に、ぷっと噴き出してしまった。

頭の片隅に、清晴が目を吊り上げて怒っている姿が見える。そのとなりで、申し訳なさそうに目を細める〝彼〟もいる。ふたりから目をそらすように瞼を閉じて頭を振った。

用意してあった風邪薬を水で流し込んだ琉生は、再びベッドで横になる。元気ですよ、と何度も言っていたけれど、横になると薬のせいか睡魔がすぐに襲ってきたらしく、目元がとろんと溶けだした。

「なにか食べたいものある？」

「ももの、ゼリー」

ぼんやりとした顔で琉生が答えた。

琉生が眠ったらスーパーに行こう。冷凍食品やレトルトご飯を買い足さないといけない。自分が幼いとき、風邪を引くと祖母にすりおろしたリンゴを食べさせてもらったことを思いだし、リンゴもメモにくわえる。

あと、今はベッドを使ってもらっているが、明日からは別の部屋に敷き布団を用意しなければならない。一度も使ったことのない布団セットが、まさかこんなことに活用されるとは想像もしていなかった。

「とりあえず、まずは買い物に行こう」

呟いてから立ち上がり、出かける準備をはじめようとクローゼットに手をかけた。

「おれ、家事、得意なんです」

「え？」

まるでそれは琉生の独り言のようで、反応するのがわずかに遅れた。振り返ると、いつの間にか寝返りを打っていた琉生が奏を見つめている。睡魔にあらがっているのか、瞼が半分ほどしか開いていない。

「料理に洗濯に掃除、全部、できます」

「そうなの、すごいね」

「レトルトや冷凍食品以上においしいのを、作れます」

「……え、なにそれ嫌み？」

「今はお金がないですけど、バイトもしてます」

それは知っている。ただ、彼がなにを言おうとしているのかわからず黙っていた。

「この家で、奏さんと過ごせるなら、なんでもします」

まるで、そうしなければ生きていけないみたいに聞こえた。

「おれ、奏さんを守りますよ」

布団から彼の手が奏のほうに伸びてくる。

大きくて、きれいな指先だなと思った。

きゅうっと胸が圧迫されて変な音を出したような気がする。痛い。心臓が痛いし、下腹部がむずむずする。

「約束します」

「――約束は、しなくていいよ」

強い意思の込められた視線と言葉に、奏はすかさず拒否する。足元に力を入れて、彼に近づかないように自分を諌《いさ》める。

「私、約束はできないの」

なんで、と琉生は声に出さずに口だけを動かした。

――『奏、約束しよう』

今もすぐそばで〝彼〟の声が聞こえてくるほど、あの台詞が奏の記憶に残っている。

四年前までつき合っていた、彼――蒼斗《あおと》の声が、奏は好きだった。やさしさが滲むような、あたたかさのある心地のよいテノールで、彼に名前を呼ばれると体がぽかぽかした。

けれどもう、あの声を聞くことはできない。

――『指切りって、心中立《しんじゅうだ》てのひとつなんだって』

約束を交わした日。

――『でも、ケジメとかでも、切るよね』

そして、刑罰を受けた日。

奏は左手の見えない小指を突き立てて、琉生に見せる。

「小指がないから、私は約束ができないの。したくないの」

もう、誰ともなにも、交わせない。交わしてはいけない。交わしたくない。

相手が琉生なら、なおさら。

なぜ彼にそう思うのかは、深く考えないことにした。

琉生はしばらく口をぽかんとあけて黙ったままだった。たっぷり時間をかけてから、

ゆっくりと「そっか」と言葉を紡ぎ、

「それでもいいよ」

と返事になっていない返事をして、へにゃっと笑う。

かわいらしい笑顔に不覚にもちょっと心臓が疼《うず》いて、落ち着かなくなる。こんな気持ちになるのはいつぶりだろう。

心地のよい動悸は、数年ぶりに奏の世界を輝かせた。

まるで、春の訪れを知らせるように。

2　交わらない愛のはなし

想像以上に、いい。

それが、琉生と一緒に暮らすようになって一週間、奏が毎日思うことだった。

琉生と同居を決めた直後から、奏は往生際悪く何度もこれでよかったのかと自問自答を繰り返した。そもそも奏は家族以外のひとと生活したことがない。料理も洗濯も掃除も苦手で、家にいるときはソファで寝転がっているばかりの生活だ。他人との共同生活で、気疲れするのかもしれない。

——と不安を抱いていたけれど。

「……このままだとダメ人間になりそう」

朝ご飯に用意されたホットサンドをかじりながら奏が独り言《ご》つ。

「奏さんはダメ人間じゃないでしょ」

独り言のつもりだったけれど、キッチンにいた琉生の耳にしっかり届いていたらしい。

彼は、はい、とホットミルクを持ってきてテーブルに置いた。メイプルシロップ入りのホットミルクに、朝から優雅な気持ちになる。サンドウィッチから溶けて垂れたチーズで汚れている奏の手に気づき、琉生はなにも言わずウェットティッシュを差し出してきた。

こういうところだ。

奏が「あ」と思ったと同時に、琉生は奏の求めている物を用意する。

「でも、私なにもしてないじゃない」

目覚めたら朝ご飯が用意されていて、会社から帰れば掃除も洗濯も済んでいて、できたてのご飯まで出てくる。そして一休みすればお風呂も沸いていて、風呂上がりには飲み物まで準備されているのだ。すべて琉生によって。

「言っちゃなんですけど……そもそも奏さん、おれがいなくても大して家のことやってなかったじゃないですかー」

ふははと笑いながら言われた台詞が、グサリと奏の胸に突き刺さる。

琉生の言うとおりだ。奏は必要最低限の家事しかしない。

朝に弱いこともあり朝食は食べないし、お昼は平日の場合行きつけの喫茶店でサンドウィッチ、そして晩ご飯はレトルトか冷凍食品、スーパーの出来合いものがほとんどだ。休日もほとんど変わらない。料理を作るのも苦手だけれど、片付けがなにより も嫌いだ。キッチンを使用後毎回掃除することはないし、洗い物を一晩放置することもある。掃除機は週に一度、休日にしかかけないし、洗濯も似たようなものだ。お風呂掃除は水をさっと流してちょっと浴槽をこするだけ。

他人が知れば顔を顰めるかもしれない自覚はあるけれど、整理整頓はできるので別に汚部屋ではない。誰にも迷惑をかけていないのだからこれでいい、と思っていた。

そこにやってきたのが、琉生だ。

朝食を黙々と食べながら、機嫌よさそうにキッチンに立っている琉生を見つめる。どうやら洗い物をしているらしい。そんなにすぐしなくてもいいのに。食べ終わった食器も洗わなければいけないのだから、あとでまとめてすればいいのに。と思ったところで、この考え方のせいで、琉生に大掃除をさせてしまったんだ、と自嘲する。

琉生の風邪は次の日にはほとんど治り、奏が朝起きたのと同じタイミングでリビングにやってきた。そして、彼は奏が朝食も食べずに出ていこうとしたことにひどく驚いたのだ。シンクに昨晩使った食器が置きっぱなしになっていることにも目を丸くしていた。

そのままにしておいていいから、と言って玄関に向かうと、奏を見送りにきた琉生は、戸惑った様子で目を彷徨《さまよ》わせた。そして、ぐっと唇を噛んでから真剣な表情を奏に向けた。

『奏さん、奏さんがいないあいだ、この家の中でおれが触っちゃだめなところ、してはいけないことは、ありますか?』

その台詞を聞いた瞬間、奏は琉生へのわずかに残っていた警戒心がなくなった。正直に面と向かって確認してくる彼を疑うくらいなら信じて騙《だま》されようと思った。だから、彼に合鍵を渡し『クローゼット以外なら大丈夫』と答えて家を出た。一日家の中にいるのは暇だろうな、と思っただけだ。

けれど、仕事から帰ってきた奏は部屋を見て驚愕した。キッチンはもちろん、洗面所もバスルームもトイレも、ピカピカになっていたのだ。すみにあったはずの埃《ほこり》はもちろんなくなっていて、水垢《みずあか》で曇っていた鏡は新品に替えたのかと思うほど磨かれていた。おまけに冷蔵庫にあった適当な野菜の端材で夕食まで出してくれた。

なんでもできる、と琉生は言っていたが、できる、どころではない。完璧だと奏は思う。お金を取れるレベルだ。

それから、琉生はこの家の家事を担うようになった。大学もバイトもあるのだから、家のことは気にしないでいい、と何度か言ったけれど、『おれがいやなんです』『気になっちゃうんです』『掃除が好きなんです』と押し切られたのだ。

正直、助かっている。家にいる時間のほとんどを自分のために使えて、平日でも映画やドラマを観ながら晩酌をする余裕がある。快適すぎて怖い。

「なんか、悪いことをしている気分になるんだよねえ……」

もごもごと、今度は琉生の耳に絶対届かないであろう音量で呟いた。

アラサー女子がまだ二十歳そこらの年下の男の子を家に住まわせるかわりに主夫のようなことをさせている状態だ。背徳感を覚える。

琉生には当然、なるべく早く〝家〟を見つけるようにお願いしている。同居はあくまでも一時的なものだと彼も了承している。だからこそ、ここまで至れり尽くせりに慣れるわけにはいかない。怠け癖をつけるわけにはいかないのだ。

しかし、快適すぎる。

「あ、そういえばおれ、来週給料日なんすよ」

奏の食べ終わったお皿を手にして、琉生が言った。マグカップを両手で包み首を傾げる。なんでそんなことを報告してくるのだろうか。

「奏さんにいくら払えばいいっすか？」

「え」

素っ頓狂な声を発すると、琉生も「え」と驚いたように目を丸くする。

「そりゃ、ただで住ませてもらうわけにはいかないですし」

「いらないよお金なんて。家のことしてくれてるだけで充分だし」

「いやあ、それはさすがに悪いっすよ」

琉生がいるので単純計算すれば食費は倍だが、琉生が作ってくれるようになった一週間は驚くことにこれまでの一週間の出費より少ない。

「いや、そんなのいいから。お金が欲しくてやったことじゃないし」

首を振ると、琉生は困ったように眉を下げる。奏が決して受け取らないことを察したのか、それ以上は言わなかった。言わないだけで、納得していないことは彼の下げられた眉から奏にもわかる。けれど、それには気づかないフリをして奏はすっくと立ち上がった。できるだけ自然な笑みを顔に貼りつけて、琉生と目を合わせる。

「私にお金払うよりも自分に必要なものをそろえたらどうかな？」

こんなヨレヨレのスウェットじゃなくてさー、と流しにマグカップを持って行くついでに琉生の服を指さして言う。

彼が今着ているのは、奏の廃棄間近だったグレーのスウェットだ。もともと奏にしては大きめのサイズだったうえに着倒してゴムが伸び、そして琉生のスタイルがいいことから、なんとか着ることができているけれど、丈はつんつるてんだ。もう少しくつろげる部屋着を買ってはどうだろうか。他にも、スウェットに負けず劣らずヨレヨレになっている下着や靴下、肌着も買い換えたほうがいいと思うし、芸大生ならば画材も必要だろう。写真学科ではなににお金を使うのか、奏にはよくわからないけれど。

「ね」

「……んー……んじゃまあ、しゃあないっすねえ」

琉生は不承不承《ふしょうぶしょう》といった表情で頷いた。いい子だな、と奏は改めて思う。知れば知るほど、彼は信用できる。家を追い出さなくてよかった。


誰もいない事務所に飛び込んだ奏は「さぶいー」とひとり口にしながら暖房のスイッチを押した。

九時始業で、今は八時十五分。奏以外の社員がやってくるのは八時四十分ほどからだ。それまでのあいだに、社内を夏ならば涼しく、冬ならあたたかくするのが奏の役目だった。誰かにそうしろと言われたわけではなく、奏が勝手に決めているだけだ。

ハンガーラックにコートとマフラーをかけて、自分のデスク前に腰を下ろす。ポケットの中のカイロを取り出し指先を温めながらPCに電源を入れてメールチェックをする。

「うわ……」

昨晩届いたメールのほとんどはDMだ。その中に〝今井清晴〟という名前を見つけて思わず声を漏らす。琉生のことがバレたのかと一瞬警戒心を抱いてスルーしたくなるが、会社のアドレスに届いたということは、仕事の用件だ。〝株式会社濱印刷《はまいんさつ》　古閑さま〟という他人行儀な呼び方からはじまったそれを開く。急ぎで見積もりと紙のサンプルが欲しいようで、奏はすぐにサンプル帳が並んでいる棚に移動してファイルをいくつか選び席に戻った。普段なら始業時間になるまで業務をはじめることはない。ただ、相手が清晴となれば話は別だ。特殊紙の値段を調べながら社外秘の資料を手にして電卓を叩く。サンプルはおそらくすぐに用意できるが、見積もりの数量分の在庫があるかも念のために確認しなければいけない。

「おはよう、古閑さん。どうしたの？　なにかあった？」

「おはようございます、高屋《たかや》さん」

すでに仕事モードの奏に、出社してきた上司が不安そうに声をかけてきた。

五十代前半の高屋は、業界についてまったく知らなかった奏に丁寧に一から教えてくれたひとだ。今も、わからないことがあると真っ先に高屋に相談する。頼りになるうえにやさしいひとではあるけれど、たまに無茶な仕事を頼んでくるので気が抜けない。

「今井さんから急ぎの問い合わせがあったので、ささっと調べておこうと思って」

「なんだ、トラブルかとびっくりした。今井くんは相変わらずだねえ……大丈夫？　いけそう？」

「はい、特殊紙の見積もりとサンプル手配なので」

九時を過ぎたらメーカーに在庫の確認をするつもりですと伝えると、そうだねーと軽い返事があった。すでに奏に任せたということだろう。

「にしても、古閑さんと今井くんってそんなに仲いいのに本当に友だちなの？」

「友だち、というか、顔見知り？　ですかね」

今まで何十回と訊かれている質問に、奏は苦笑しながら答える。面倒くさいなと思わないではないけれど、こうしてはっきり言われたほうが、はっきり否定できるのでいい。そのくらい、自分と清晴の関係は特殊なものだと理解している。

「顔見知りって。今井くんが聞いたらショック受けるんじゃやない？」

ははは、と笑いながら、そんなはずない、と思う。

奏がこの会社に入社したのは、三年前だ。ピアノ講師の仕事を辞めて半年ほどぼーっと過ごしていた奏を見かねた清晴が強引に紹介してきたのがきっかけだ。小さな印刷仲介会社で、従業員は八人しかいない。面接に行ったその日に、清晴の紹介なら、とその場で『いつから来られる？』と聞かれてあっさり決まった。働きたいとは思っていなかったけれど、人に迷惑をかけるわけにはいかないと、奏は真面目に仕事をした。家から電車で二十分ほどだというのもちょうどよかった。

——どうでもよかったから、ちょうどよかった。

今までの仕事とまったく業種が違う事務仕事でも、気にならなかった。唯一、清晴と顔を合わせることになるのを危惧していたけれど、幸い電話とメールで事足りているので問題ない。直接会って話をする場合は、こちらの営業が清晴の会社に行く。

毎朝決まった時間に起きて、会社に行き、電話やメールの対応で慌ただしく過ごしたり、時に印刷会社に出向いて色校をチェックしたり、ビル内にある倉庫に籠もって探し物をしたり片付けをしたり。

奏の日々は規則正しくなった。人らしい生活をして、月々のお金を稼ぐ。

この会社である必要はなにひとつなかったので、正直そのうち自分はなんらかの理由で辞めるに違いないと思っていた。数ヶ月後数年後にも同じ場所にいる自分が想像できなかった。

けれど、今ではいつまでもこの会社で働いているのではないかと思っている。

あまりにも、この場所が快適で心地がいいからだ。

八人いる社員のうち、女性は奏を除いて経理担当の女性がひとりで、残りは全て男性だ。全員奏よりも十以上年上のため、三十間近の奏は入社してからずっと若い女の子としてやさしく接してもらっている。社長が二十年前に設立した会社で、取引先はみんなつき合いの長いひとたちばかりというのも、やりやすかった。こういう業種に不慣れだったにも拘わらずなんとか一人前に仕事ができるようになったのは、まわりのひとたちのおかげだ。

　こうして振り返ってみると、入社当時と今とでは、自分はかなり変わったな、と思う。それがいいことなのか、悪いことなのかはわからないけれど。

　清晴へのメールの返信をキーボードで打ち込もうとして、左手の小指に視線を向ける。当然、どれだけ凝視したって、小指が見えることはない。

　人と接していると、時間とともに自分にも変化が起きる。刻々と否応なしに時が進み、そのぶんだけ、過去から離れていく。清晴は、奏がそうなることをわかっていて、強引に外に連れ出したのだろう。

　冷たい風がどこかから入ってくるのか、ピュウピュウと空気を切り裂くような音が聞こえてくる。窓の外の透明感のある青空を見ると、張り詰めたような冷たい空気が広がっているのがわかる。冬は、肌を出せば切り裂かれてしまいそうな、そんな鋭さを孕んでいる。

　この季節の終わる頃、自分はどんなふうに過ごしているのだろうかと想像したけれど、うまくイメージができなかった。

会社は九時から六時までで、お昼は十二時から一時間。残業は滅多にないので、奏の平日に変化は少ない。昼食は必ず同じ喫茶店に行くから余計にそう感じる。

切りのいいところで仕事を切り上げてお昼休憩に出ると、想像以上に気温が低く、呼吸をするたびに冷たい空気が体内に入って冷える。

そういえば、今日は琉生がバイトの日だ。

一緒に住んでいるのに店でも顔を合わせるのはなかなか気恥ずかしいなと思っていたところ、琉生が誰にも言わないと言ったので、奏は気兼ねなく店に通っている。会社周辺には他にも店があるけれど、開拓するのが面倒なので助かった。

琉生のアルバイトは週に四回ほどで、午後三時から必修の授業がある日は昼間の三時間だけ働き、他は夕方まで店にいる。思った以上に真面目に学校に通っていてほっとした。余計なお世話だろうが、身近な存在になるとやっぱり私生活を心配してしまうのだ。昨日はつい、就職についてどう考えているのかまで聞きそうになった。

適度な距離を保たないと、と自分に言い聞かせて喫茶店の扉を押し開ける。

「よ、奏」

「……うわ」

今日二度目の渋い声が出る。原因は清晴というのも同じだ。入り口に近い窓際の席で、清晴が奏を見て軽く手を上げている。もしかして奏を待っていたのだろうか。

「清晴、なんでいるの」

「仕事以外に理由なんてあるわけないだろ」

スマホをいじっていた清晴に近づき顔をしかめると、怪訝な顔をされてしまった。正面の席に腰を下ろしてから、別の席に行けばよかったと気づく。

「最近奏とよく会うな」

「清晴が私のいる場所に来るからでしょ。今日も勝手にこの店来てるし」

「この店はお前のもんじゃねえだろ」

長いつき合いではあるけれど、これほど短期間に何度も顔を合わせるのは珍しい——と考えて、そもそも月に数回会っている時点で充分珍しい存在なのだと思い至る。今の奏には清晴以外で連絡を取り合っているひとは、ほとんどいない。奏自身が、そうなるように振る舞ったから。

「いらっしゃいませ」

今日寒くないか、とどうでもいいことを話す清晴の相手をしていると、琉生がグラスをふたつ持ってやってきた。どうやら清晴もついさっき店に来たばかりのようだ。

「奏さんはいつものでいいですか」

「あ、はい。お願いします」

「俺はナポリタンで」

「かしこまりました」

注文を済ませてからそっと清晴の様子を探る。奏と琉生のやりとりを気にした様子はない。自分が口を滑らせなければ、琉生と同居したことはバレないとわかっているけれど、気が抜けない。落ち着かなければ。余計なことを言わなければいいだけだ、とグラスに口をつける。

「奏、あいつ拾ったって？」

「っ……！　な、なに！」

思わずぶふっと水を噴き出してしまい、清晴が「汚えな」と苦い顔をした。「あ、ご、ごめ」と慌ててお手拭きでテーブルを拭きながら、どういうことかと頭をフル回転させる。

「え、えっと、で？　拾うって、なんのこと？」

「そんな反応しておいて、今さらおせえよ」

うぐっと言葉に詰まって、呆れる清晴から目をそらす。一体どこでバレてしまったのか。さっきの会話でなにかを感じたのだろうか。清晴の洞察力が怖すぎる。いやしかし、清晴のことだからカマをかけているだけなのでは。じゃあまだ誤魔化せるか。いや、だとしても自分の反応でバレバレだ。

パニックになっている奏に気づいたのか、清晴は足を組み直してグラスを手にした。ため息を呑み込むように口に水を含んでごくりと喉を鳴らす。そうすることで一旦感情を落ち着かせるのが清晴の癖であることを知っている。

コンッとテーブルにグラスが置かれる音がして、奏の体が小さく震えた。

「変わらねえな、奏は」

ため息交じりの冷たい口調だった。

「マシになったと思ったのは気のせいだったな」

偉そうな物言いにカチンとくるけれど、返す言葉は見当たらなかった。関係ないでしょ、ほっといてよ、と言えばいいのかもしれない。けれど、それは逆ギレでしかない。なにより奏自身、清晴と同じように思っている。

奏はもじもじとグラスの縁をいじりながら、「仮だし」「風邪を引いてたし」と言い訳を口にした。その言葉にはなんの効力もなく、清晴がふん、と鼻で笑う。

「相変わらず、奏はやさしいな」

「そんな嫌み言わないでよ。気持ち悪い」

「嫌みじゃねえよ。心底思ってるよ、奏はやさしいって。やさしすぎるバカだなって、心の底からバカにしてんだよ」

隠しもしない軽蔑を含んだ視線に、さすがにムカついてくる。今までも、清晴には散々なことを言われている。猫や犬を保護したときも長々とお説教をされた。それでも今日ほどではない。

文句を言いつつも清晴は保護した犬猫の引き取り先を一緒に探してくれた。彼も大概お人好しだな、と思っていた。でも、今の清晴は、奏に幻滅している。彼から発せられる空気はぴりぴりと肌が痛むくらい刺々しかった。

「だって、この季節だし……病み上がりに放り出せないじゃない」

「それがなんで同居にまで発展するわけ？　惚れたのか？」

「まさか。相手は大学生だよ。そんなんじゃないって」

清晴はこつこつと苛立ちを放出するようにテーブルを人差し指で叩く。妙にはやいその音に合わせて、奏の心拍数も上がっていく。

「ただ、家が、ないから。実家も、なんか事情があって、帰れないのかなって」

うまく言葉が紡げなくなる。

こん、とひときわ大きな音を鳴らして、清晴の指が動きを止めた。

「蒼斗を思いだしたのか?」

ひゅっと喉が鳴る。酸素をうまく吸えなくなり、目を見開いて瞬《まばた》きもせずに清晴を見つめた。

「この前、失くした小指にどんな意味があるって言ってたっけ?　なんにも活かされてねえな」

ちがう、そんなんじゃない、とぱくぱくと口を動かして伝える。どうしてなのか、声が出ない。

「懲りてないんだな、奏は」

「ち、がう」

やっと絞り出せた声は、今にも消え入りそうなほど小さかった。

「ちがうから、やめて」

「今度はなにを与えんの?　家?　食事?　家族?　安らぎ?」

「やめて」

「それとも奏自身?　次はどの指?」

「やめてってば!」

店内が一瞬静まりかえるほどの大声に、自分で驚く。それでも、清晴は眉ひとつ動かさず冷めた視線を奏に向けるだけだった。

その厳しさが、奏の記憶を刺激する。

四年間で緩んだ気持ちが否応なしに引き締められる。

過去のことを引き合いにする悪趣味な嫌みに傷つきムカつき泣きたくなるのに、清晴に言い返せないのは、彼がなにを言いたいかわかっているからだ。与えることに優越感を抱く自分の浅はかさを突きつけられて、吐き気がする。

「自分が傷つくことに無頓着《むとんちゃく》すぎるんだよ、奏は」

「私は、傷ついてない」

「傷ついてないかもしれないし、気づいてないだけかもしれないし、どっちにしろ見てて不快だからやめろよ」

背もたれに背中をあずけ腕を組んだ清晴は、奏ではなく天井を見つめていた。

そんなことはない。傷ついていない。自分はなにも感じていないのに、まわりに、清晴に、どうしてそんなふうに思われなくてはいけないのか。

「清晴が不快なのは――罪滅ぼしができない自分に対してでしょ」

「そうだよ」

過去を持ち出された仕返しに、奏も清晴の古傷を抉《えぐ》る。けれど、ちっとも堪《こた》えた様子を見せないので、やり場のない憤りだけが募る。清晴のこういうところは狡《ずる》いといつも思う。自分のことを自身で理解して受けいれられる清晴の潔さが、奏を惨めにさせる。

「罪滅ぼしなんて、私は望んでない」

「知るかよ。奏と一緒だよ、自己満足のためだ。奏のためじゃない」

「私の自己満足を否定しといて、自分の自己満足は許容するなんて卑怯《ひきょう》よ。私にしないで彼女にしてやりなよ、それ」

「俺の彼女は奏みたいにこじらせてないからやりがいがねえんだよ」

不思議と、いつの間にかふたりのあいだにはいつもの空気が流れていた。

いつもこのパターンだ。だから、奏は清晴を突き放せないし、嫌いになれない。だって、奏にここまで容赦なく言ってくれる相手は清晴しかいない。清晴が言いたいことを言うから、奏は忘れずにいられる。

「ケンカっすか？」

場が緩んだのを読み取ったのか、ちょうどいいタイミングで琉生が奏のサンドウィッチと清晴のナポリタンを運んできた。琉生の声に、わずかに残っていた不穏だった空気が跡形もなく消えていく。

「おう、あんたのせいで大げんかしてたところ」

「え、おれのせいっすか。なんで」

「いや、このひとのことは気にしなくていいから。なんか、ごめんね」

琉生がオロオロしはじめたので、余計なことを言う清晴を睨んだ。

その後、清晴が奏と琉生のことを知ったのは、琉生の発言だったことがわかった。

店にやってきた清晴に「奏さんと待ち合わせですか」と琉生が話しかけてきたらしい。

その言い方が以前と違っているように感じて、「奏の家はあんまりきれいじゃねえだろ」とカマをかけたのだとか。その台詞に琉生は全部知っているのだと思い、話してしまったということだ。ちなみに清晴は奏の家に上がったことなど一度もない。奏の面倒くさがりを知っているだけだ。本当にいい性格をしているなと、歯噛みする。

いつだって、清晴には敵わない。

清晴と言い合ったからか、過去を思いだしたからか、食事が終わる頃には、どっと疲れてしまった。食後の紅茶に口をつけながら、全然休憩できていない、とぼやく。

「んじゃ、俺先に出るわ」

「ん。仕事頑張って」

すっくと立ち上がる清晴にひらひらと手を振ると、おう、という返事をしたあと、彼が立ち止まるのがわかった。忘れ物かと顔を上げると、清晴がじっと奏を見下ろしている。

「前にも言ったけど、せめてちゃんと見返りを受け取れよ」

なにが、と口にしかけて、琉生のことだと気づく。反射的に眉間に皺を刻むと、清晴が片眉を上げげた。今さら口先だけの「わかった」なんて返事は無意味だろうと、素直に「なんかやだなそれ」と伝える。

「やってあげるから、お返しをちょうだい、ってやっぱりおかしくない？」

「奏は両極端なんだよ。とりあえず見返りを受け取れ」

「お金もらえってこと？」

「そういうところが両極端の単細胞なんだっつの。別にお金でもいいけど」

単細胞とはさっき言われてないけれど。悪口が増えた。

「どうしろって言うのよ」

「俺がなに言ったって奏が好きにするのはわかってるよ。俺がそれを奏に言い続けることに、意味があるんだよ」

なんだそれ、と眉根を寄せると、清晴はバカにしたように目を細めて再び出入り口に向かい、外に出て行った。

清晴はいつも、奏にすべてを伝えない。意味深な台詞は、奏のことをなんでもお見通しだとでも言いたげで、つい反発したくなる。

むすっとした顔で、奏は紅茶をすすった。

◇◆◇

スマホを空に掲げると、画面の中には琉生が目で見ている青よりも澄んだ色が広がっていた。シャッターボタンをタップすると、カシャッという音が響く。そしてアルバムフォルダを表示し、さっき撮ったばかりの画像を眺める。

最近のスマホは本当に画像がきれいだ。

デジカメのほうが細かな調整ができるので仕上がりには明確に差がでるとはいえ、スマホでもそれなりのセンスや構図の技術などがあれば、そこそこいい画が撮れる。なによりも手軽なのがいい。

琉生は、写真が好きだ。ありきたりだけれど、目についたものを、その瞬間を、残せるものだから。そして、同じ写真でも〝誰が〟撮ったかで違って見えるところもいい。

琉生が写真を撮るようになったのは父親の影響だ。

父親は写真家であり、大学で写真論を教える講師もしていた。家に数冊写真集があるけれど、それほど売れてはなかったと思う。

家族の写真を撮るのが好きで、家の中でもカメラをよく構えていた。母親に恥ずかしいからやめてよと言われていたのを覚えている。琉生はそんな父親から、小学校の入学祝いに昔使っていたという一眼レフをもらった。琉生はそれを毎日首にかけて、目についた様々なものを写真に撮った。

特に好んでいたのは人物だ。友だちと一緒にいるときは自らカメラマン役を引き受け、小学校の修学旅行では、同行するカメラマンよりも同級生の写真をたくさん撮った。写真は記憶の欠片で、思い出の起爆剤だ。写真を見ると、忘れていた当時の些細な出来事を思いだし、みんなで笑い合える。だから、ひとの一瞬を切り取った写真が好きだった。

――それが、むなしさも引き起こすものだと知るまでは。

今では人物を撮るのをやめて、風景と動物ばかりにカメラを向けている。

それが撮りたいわけじゃない。それ以外に写したいものがないからだ。ただ、カメラに触れていたいがために、シャッターを切っている。

「また教授に小言言われるんだろうなあ……」

被写体になんの思い入れもないことは、出来上がった写真を見ればすぐにわかる。当然、教授にも。課題を提出するたびに、『きみにしか撮れないものがほしい』『個性がない』『魅力がない』というのがいつも琉生に与えられる評価だ。

四年に進級して最初の授業では、この春休み中に出された課題の講評会がある。みんなの前で質問攻めにされたあげく酷評されるのは間違いない。写真を撮るのも技術を磨くのも楽しいけれど、ひとと競わされ作品に点数をつけられるのは〝自分〟のない琉生には苦痛でしかない。論文やテストの方がずっと楽だ。

はあーっと白い息を空に向かって吐き出した。

「るーい。ため息なんかついてどうしたのー？」

聞こえてきた声にもう一度ため息を吐きたくなる。

「べつに」

素っ気なく答えて振り返ると、実沙と桑原が並んで歩いていた。

実沙はピンクのマフラーを巻いていて、そこから髪の毛が胸元までふわりとこぼれていた。鼻と頬が赤いのは寒さのせいだろうけれど、実沙の場合化粧かもしれない。どっちにしても、それらすべてが実沙のかわいさを引き立てていた。となりにいる桑原は、いつもどおり小柄で少年のようだ。言っちゃ悪いがふたりはアンバランスで、それがかえってお似合いに見えなくもない。

近づいてきたふたりは、琉生を挟んで横に並んだ。

「琉生もテスト？　なんの授業？　あたしらはミュージカル論」

「心理学」

琉生が心理学とかウケる、となぜか実沙がケタケタと笑った。不満げな顔で「なにがだよ」と文句を言えば「機嫌悪ー」と茶化される。

「もしかしてまだ寝る場所がないの？　あたしんち来る？」

「行かねえ。っていうか実沙のせいで家がなくなったんだからな」

「知らないよ、普段の行いでしょ。元カノを巻き込まないでよね」

琉生と実沙のやり取りに、今度は桑原が「間違いねえ」と笑い出した。

大学入学して友人になった実沙とつき合ったのは、なんとなくだった。二年生のとき、琉生が学内のふたつ年上の彼女と別れて家を追い出されたのと、実沙が彼氏と別れて一年経ってそろそろ恋人が欲しいと思っていたタイミングが合っただけ。ちょうどいいからつき合うか、という話になって独り暮らしの実沙の家に琉生が住み着いた。

だからか、つき合ってからもお互いに特別な感情を抱くことができなかった。同じベッドで寝ても欲情することはなく、異性と遊びに行ったと聞いても嫉妬は皆無で、だらだらと半年ほどつき合ってから、どちらからともなく「もうやめるか」と言って友人に戻った。

同棲中、琉生は当然家事のすべてを引き受けていたので、未《いま》だに実沙に「ご飯作ってよ」とか「片付け手伝ってよ」と頼まれる。この前家に泊まらせてくれたのも、部屋を掃除してほしかっただけだ。

「琉生、まだ家なき子なのか？」

「いや、今は違う」

「っていうか、琉生もう彼女できたんでしょ？」

実沙がやるじゃん、と言って琉生の背中を軽く数回叩く。

その手が左手だったからか、視線が小指を確かめてしまった。もちろん、奏と違い実沙の左手にはちゃんと小指がある。

――『小指がないから、私は約束ができないの』

奏に言われた台詞を反芻《はんすう》し、どういう意味だろうかと考える。あのときは深く突っ込まなかったけれど、小指がなくても約束くらいできる。指切りだって、右手ですればいいだけだ。

あのときの彼女は、笑っていた。

軽く口角を持ち上げただけの、淡い笑みだ。

あのときだけではない、いつだって、彼女は笑顔らしきものを浮かべるだけで、それはすぐに消えてしまう。

一体彼女は、いつからあんなふうにしか笑えなくなったのだろうか。

じっと左手を見つめていたからか、「どした？」と実沙が首を傾げた。

「いや、べつに」

「なあ、琉生の新しい彼女ってどんなひと？」

桑原が興味津々に訊いてくる。なんでそんなことが知りたいんだ。

「彼女じゃねえよ。ただ、居候《いそうろう》させてもらってるだけ」

「マジかよ。ヒモじゃん」

「琉生はいつもヒモだって」

ふたりがはしゃぐ。完全におちょくられている気がするが、たしかにヒモのようなものだと自分でも思う。お金の貸し借り、家事を担当するしないに拘わらず、琉生は今も今までも、常に〝家に居候させてもらっている〟という意識で過ごしているからだ。

ただ、奏がヒモを飼うようなひとだと誤解されるのは気に入らないので「そうじゃない」と否定をした。

「普通の、真面目な、おねーさん。おれに同情してくれてるだけ」

「年上？　どうやって出会うわけ？　すげえな」

「前から知り合いなんだよ。バイト先の常連客」

「にしても、だからって普通家に入れたりしないだろ」

それは奏が普通じゃないくらい親切だからだ。運に助けられたところもある。あの日、琉生が風邪を引いていなければ、こうはなっていなかっただろう。体調が悪く散々だったけれど、結果的にはラッキーだった。

「彼女じゃないってことは、つき合ってないってこと？」

「珍しいよね、琉生って好きじゃなくても住むときはつき合ってたじゃん」

「相手がおれをまったくそんなふうに見てないんだよ」

自分の発言に自分の胸が抉《えぐ》られた。

母親に心配させないよう、面倒なことにならないよう、家に住まわせてもらう場合は恋人という関係になるのが琉生のたったひとつのルールだった。けれど、奏相手にはそうはいかない。奏は琉生に対して特別な感情を抱いていないし、琉生がいつか家を出て行くことを望んでいる。家が見つかるまで、とは同居が決まった次の日に言われたことだ。当然、琉生は家を探しておらず「家はどう？」と訊いてくる奏をのらりくらりと躱《かわ》している。

どうしたら、奏に自分を求めてもらえるのだろうか。

「つき合えたらよかったんだろうな」

「お、なんか琉生がらしくないこと言ってる」

独り言をすくった桑原が興味深そうに琉生の顔を覗きこんできた。

「もしかして、琉生惚れてんの？」

「いや、そうじゃない」

間髪を容れずに否定すると、桑原は「ですよね」と呆れたように肩をすくめた。

最初はただ、店で会えるだけでよかったのに、欲は日に日に増している。今では、つき合ってきた誰にも抱いたことのない、執着にも似た想いが胸に渦巻いている。

今のままでは、いずれ家を出て、以前のバイトと常連という関係に戻ってしまうだろう。

——つき合いたい、というわけではない。

この先もそばにいたい。彼女の特別でいられる関係が欲しい。

この気持ちを、惚れてると言うには、邪《よこしま》な感情が多すぎる。

「で、琉生も飯行かね？　実沙と遅めのお昼食おうかと思って」

「いや、おれは帰るわ」

「つき合い悪いな最近。食堂でも行って語ろうぜ」

「やだよ」

ぶうぶうと文句を言うふたりに手を振って別れた。

校門までのやたらとひろい道を、ひとりでのんびりと歩く。

テスト期間中だからか、学生は少ないけれど、サークル活動に熱心なグループがおそろいの服を着て道で踊っていたり、集まってなにかを作っていたりしている。

この様子を写真におさめて、数年後に彼らに見せたらどんな反応をするだろうか。よき思い出に懐かしいと喜ぶのか、思い出したくない記憶を呼び覚まされて写真から目をそらすのか。

ちらちらと、雪のようなものが空から落ちてきた。みぞれにしては水気のないそれは、服に付着するとすぐに消える。目に見えていたはずなのに、まるで存在していなかったみたいだ。

あまりの寒さに両手に息を吹きかけ、ポケットの中にいれた。

今すぐ帰れば、家に着くのは五時くらいだろう。奏が帰宅するのは七時前後で、日が沈んだその頃には、もっと冷え込んでいるはずだ。体を温めるために今日は鍋にしようかな、と考える。冷蔵庫には白菜と白ネギがあったはずなので、豚肉を買ってきてしゃぶしゃぶにしてもいいかもしれない。あと、早めにお風呂を入れておこうか。そういえば牛乳はあとどのくらいあっただろうか。

奏の帰ってくる家に今から自分も帰れることがうれしい。けれど、この関係はうたかたの如《ごと》く消える可能性があることを考えると、気持ちが沈む。

「おれを、利用してくれたらいいのに」

思わず本音がこぼれた。

琉生の身につけた家事能力は、生きるためのものだ。そうしなければ居心地が悪いから、どうにかして自分の必要性を感じてもらわなければ、と思ったからだ。やりたくてはじめたわけではないし、身についた今もそれを楽しいとも好きだとも思っていない。欲しいものをもらうかわりに、相手に与えられる唯一のもの。だからする。それでよかった。

だから、奏が利用してくれたら、それを理由に琉生は奏のそばにいられる。

けれど、奏の家で半ば強引にはじめた家事も、奏の役に立っているという自信はあれど、〝やっている〟ではなく〝やらせてもらっている〟感が拭えない。

奏が微塵も求めていないから。

もちろん、お金も受け取らない。唯一お昼ご飯をおごることはできたが、最初の一度だけだ。でも、それはあのときそばにいたあの男──清晴──のせいなのではないかと琉生は思っている。ならば、琉生が奏に与えられたものは、なにひとつない。

気がつけば、ポケットに入れていた手を固く握りしめていた。掌《てのひら》に爪が食い込んで、じわりと痛みが広がる。

今はどう考えても、琉生が奏を利用している立場に過ぎない。

──『奏は、利用されていても気づかないポンコツだからな』

ふと、喫茶店で清晴の言った台詞を思い出し、小さく舌打ちをした。

先週、喫茶店にふらりと清晴がひとりでやってきたときだ。呆れたように笑った清晴は、奏のことならなんでも知っていると言いたげだった。

清晴を見てすぐに、以前奏と一緒にいた相手だと気づいた。恋人ではないらしいけれど、清晴と一緒にいるときの奏は、かなり気を許しているように見えた。

話しかけると、なぜか彼は奏と琉生のあいだになにかあるのだと気づいてカマをかけてきた。あまりの勘の良さに実は深い関係なのでは、という疑惑が拭えず、うっかりを装って奏のことを話した。

琉生と奏が一緒に暮らしていることを知った清晴は眉をぴくりと動かし、「なるほど」と言った。その時の清晴の表情は、琉生の想像していたものとは違っていた。怒りや嫉妬は見当たらず、そこには懐疑的なものしか存在しなかった。かといって、琉生に対する警戒心もない。なぜか清晴に探られているような気がして、目をそらしてしまった。

清晴はテーブルに肘を突いて「そうか」と鼻先を指先でこすって呟く。なにかを考える仕草に、言わないほうがよかったかもしれないと後悔に襲われた。完全に余計なことをした。

『奏を傷つけるつもりか？』

『え？　いや、そんなことは』

ぶんぶんと顔を左右に振ると、清晴は視線を持ち上げて軽く目を細める。信じてもらえたようで、少し安堵した。彼は敵に回すべきじゃないと直感する。この男は自分にとっての敵ではない。たぶん、味方でもないけれど。

『ならいいけど。っていうか俺は奏がなにしようとどうでもいいんだけど』

『え……と？』

『奏が搾取されてるのに気づかないのを見るとイライラするだけ』

心底不快そうに顔をしかめた清晴に、琉生はどう反応すればいいのかわからなかった。イライラするならそばにいなければいいのでは、というか搾取とはどういう意味か。琉生は、奏を搾取するつもりなんて微塵もない。

清晴はこんこんと指先でテーブルを叩く。

『かといって、無視できるほど、非道な人間でもねえんだよ。まあそれは、過去の罪悪感からなんだろうけど』

はあっとため息を吐く姿は、奏の心配をしていると言うよりも、ただただ辟易《へきえき》しているように見えた。奏に、というよりも、自分自身に。

『過去の、罪悪感って、なんですか』

『言うわけないだろ、奏に関わることなんだし。でも、どうしても気になるなら奏に聞けば？　奏が素直に説明するとも思わないけど』

この台詞が嫌みであれば、琉生は気兼ねなく彼を攻撃しようと思えただろう。けれど、ただ事実を言っただけなのだとわかった。それはそれで気に入らない。ふたりしかわからない過去があるのだと、琉生には立ち入ることはできないのだと、マウントを取られているのではないかと卑屈な思考に陥る。

結局、清晴が奏に抱いている感情の名前はわからなかった。わかるのは、清晴は琉生を脅威に感じていないということだ。

それほどまでに、ふたりの関係は特別なのか。それはなぜなのか。

「……たぶん、小指がないことと、なにか関係があるんだろうなあ……」

呟き、そっと自分の左の掌を見つめる。
――あの頃の彼女には、小指があった。

奏は覚えていないだろう。彼女の記憶に残るような出会いだったわけではない。彼女にとってはただのよくある一日でしかなかったはずだ。

五年前の夏、大学で琉生と出会ったことを、彼女はきっと忘れている。

高校一年生の夏休み、琉生は家にいたくなくてふらりと大学に足を運んだ。一ヶ月前になくなった父親が教授として働いていた場所で、そこに行けば父親に会えるのではないかと思ったからだ。

いないのはわかっていた。けれど、それでも、探さずにはいられなかった。

父親がいた頃に戻りたい気持ちがそうさせたのだろう。

幼い頃、父親に連れられて何度か来たことのある大学は、琉生にとってひとつの町のように感じられた。たくさんのひとがいて、それぞれが自由に過ごしていて、広い道があり様々なデザインの建物があり、舞台もあった。緑もたくさんで、小さな池には魚が泳いでいた。コンビニはもちろん、全国チェーンの中華料理店や回転寿司だってあったのだ。

けれど、足を踏み入れた大学は、記憶よりもずっと小さく狭かった。以前は活気が溢《あふ》れていたのに、長期休暇中のため、構内には以前ほどひとの姿がなく、寂れて見えた。それは、昔と今は違うのだと、もう父親はどこにもいないのだと、琉生に現実を突きつけた。

自分は、なんて馬鹿げた夢をみていたのか。汗が噴き出る炎天下、電車とバスを乗り継いで一時間半以上もかけてやってきたというのに。首から提げたカメラがただただ邪魔な荷物となって体が重くなり、広場らしき場所の階段に腰掛けて項垂《うなだ》れた。日差しを遮るものがまったくなく、じりじりと灼《や》かれているような気分だった。目を開けるのも辛く感じる。

このまま溶けてしまいたい——と思ったとき、

「きみ、ちゃんと寝てる？」

見知らぬ女性が、ひょいっと顔を覗きこんできた。

長い髪の毛を耳の後ろで無造作にひとつに括っていて、薄水色のTシャツにカーゴパンツにスニーカーという、シンプルでカジュアルな服装が似合っているなと思った。

「どうした、奏」

「なんかこの子、疲れた顔してるから」

遅れてやってきた男性が首を傾げて「どれどれ」と奏と同じように琉生の顔を見つめてくる。背が高く真面目そうなひとだった。細く垂れ下がった目元は、つねに微笑んでいるような優しさを醸し出していた。でもどこか、壁を感じる人でもあった。

ふたりから至近距離で見つめられてたじろぐと、彼女はにっこりと笑う。混じりっけのない華やかな、まっすぐな、笑み。

それは、父親が死んでから、琉生が失ったもの。

まわりから、消えたもの。

「あ、そうだ。きみ、今時間ある?」

ハッとした顔で、奏と呼ばれていた女性は琉生の手を取った。五本の指でしっかりと握りしめられ、その力強さに目を見開く。

「え、え? え?」

「また奏はお節介《せっかい》をするんだから」

「いいじゃん、今から行くところだったし。ね、一緒に気分転換しようよ」

ほら、と奏は琉生を引き上げ、連れて歩きだした。男は呆れながらもついてきて、琉生に「変なことはされないから安心して」と耳打ちをして目を細めた。戸惑いながらも彼女についていったのは、少しだけ、わくわくしたからだ。強引なこのひとは、自分をどこに連れて行ってくれるのだろうと。どんな場所でも、彼女に手を握られているので、不思議と大丈夫だという安心感もあった。掌から伝わってくる彼女の体温が、心強かった。

やってきたのは、別の校舎近くの広場だった。遊園地やデパートの屋上にありそうな小さな舞台があり、そこには三台のキーボードが並んでいる。なにをするのかと思っていると、「ここで聴いてて」と奏が言って、琉生を舞台の目の前のベンチに座らせた。

となりに男が座り、奏は近くにいた女子ふたりに声をかけて一緒に舞台に上がる。

ぽかんとしていると、男が「今から演奏するんだよ」と教えてくれた。

「今度、知り合いの幼稚園で演奏会をするから、その練習だってさ」

「え、ああ、そうなんですね……」

なんでそこに自分が連れてこられたのかわからない。

舞台の上でそれぞれキーボードの前に立った三人は、目配せをしてから弾けるような音を鳴らしはじめた。

足元でリズムを取りながら、前後左右に動きながら、踊るように曲を奏でる。ときおり彼女たちの歌声も響いてきて、そこには笑い声もまじっていたように思う。

たまたまそこに居合わせたひとたちも三人の演奏に視線を向けた。しだいに、手拍子をする人が現れ、踊り出す人も出てくる。となりの男の体も揺れていた。そして、気がつけば琉生も。

舞台がキラキラと輝いて見えた。

汗が、舞い散っているのかもしれない。

この瞬間を形に残したいと思った。

今のこの瞬間を楽しむひとたちを。過去も未来も関係ないと思わせるくらい特別な今を。そう思うと手が震えた。首にかけていた父の残してくれた一眼レフを構えて、シャッターを切る。奏はそれに気づいたのか、カメラ目線で満面の笑みをくれた。

どのくらい彼女たちが演奏をしていたのかはわからない。数時間だったような満足感と、たった数分だったような名残惜しさがあった。

「どうだった?」

はあはあと息を切らせて近づいてきた奏は、返事を聞く前に琉生の目元をまじまじと見つめてから「よかった」と呟く。その言葉の意味がわからなくて首を傾げると、奏は額の汗を拭って「またおいでよ」と言った。成り立たない会話にどうしたものかと思っていると、奏は左手の小指を突き立てた。

「約束しよう」

なにが、と目を瞬かせると、奏はにんまりと白い歯を見せる。

「また来て。いつでもいいから。私がいれば私が、いなくてもこの場所なら、誰かが、なにかが、きっときみを笑わせてくれるはずだから」

なにを言っているのかと一笑してしまえばよかった。

「また来てね」

無言でいると、彼女は同じ言葉を繰り返して、ずいと小指を琉生の顔に近づけた。

指切りなんてこの年でするはずがない。そう思ったのに、琉生は彼女の小指に自分の小指を絡ませた。彼女が左手だったことに気づかずつい自分の右手を出してしまって、すぐに左手にかえた。なんで左手なんだろう、と思いながら触れた彼女の指は、柔らかく、指先から全身を包んでくれたかのようなあたたかい感覚を琉生に与えた。

奏は、琉生がずっと泣きたい気持ちだったのに気づいたのかもしれない。だから、笑顔にしようとこの場所に連れてきて、演奏を聴かせてくれたのだろう。

「素敵なものを見せてくれて、ありがとうございます」

感謝の言葉だけでは、彼女のやさしさにこたえきれていないと思った。お金か、もしくはどこかで演奏をするときに人を集めるとか、彼女のためになにかをしなくちゃいけない気がした。

「かわりに――」

「演奏聴いてくれてありがと。あと写真も撮ってくれたよね」

奏は琉生の言葉を遮って、なぜか琉生にお礼を伝えた。

「きみも〝くれた〟から、おあいこ」

いししと奏は笑った。

あの日から、琉生は奏を忘れたことがない。

うずくまっている琉生を見つけて、無条件で、なんの見返りを求めず手を引いてくれたひとが存在するというだけで、あのときの琉生の希望になった。胸に渦巻いていた悲しみが弾けて消えただけで、現状はなにもかわっていないのに、不思議と前向きになり、自分にできることをしようと思えた。

一緒にいた男の言葉から想像するに、あれは奏にとって日常茶飯事なのだろう。

奏に出会えなければ、琉生はもう写真を撮ることはなかった。そう自分で確信している。今も人物を撮ることはできないけれど、それでも写真を手放したくない、という欲望を胸に留めることができたのは、五年前のまばゆい光景を見たからだ。

だから、琉生はあの大学に進学を決めた。

母親には父親の母校であり写真が好きだからと伝えているけれど、いちばんの理由は奏だ。といっても、彼女と再会するためではない。自分が入学する頃にはおそらく彼女は卒業している。ただ、思い出のあるあの場所で過ごしたかった。迷子になった写真への情熱や楽しさは、あそこでないと見つけられないような気がした。

けれど、大学生になっても琉生に大きな変化はなかった。むしろさまざまな家を渡り歩いている分、しんどいとすら思う。一体自分はなにがしたかったんだっけ——と写真を含めてすべてにやる気を失いつつあった。

奏に再会したのは、その頃だ。

アルバイト先のレンタルショップが閉店し、別のアルバイトとして見つけたのが喫茶店だった。そこに奏がやってきたときは頭の中が真っ白になるほど驚いた。そして次に、奏の感情を押し殺したような表情に、他人のそら似かもしれないと思った。

弾けるような笑顔が消えて、瞳からは光が失われていて、絡めた小指がなくなっていた。他人だったほうがよかったくらい、彼女は変わっていた。

「一体、なにがあったんだろうなあ」

彼女が笑顔と小指とともになくしたものは、なんなのか。

「……あいつは、原因を知っているんだろうな」

それを、清晴は知っているのだと思うと、胸に悔しさが滲んだ。

頭上を見上げると、いつのまにか雪は消えていて、くすんでいたはずの空は再び真っ青に染まっていた。

どうしたら奏はまた以前のように笑ってくれるのだろう。一緒に暮らしてからの半月で、多少表情が柔らかくなったとは思うけれど、まだ、足りない。

彼女が失ったなにかを自分が補うことができたら、本来の彼女に戻るはずだ。小指のない奏だからこそ、自分を必要としてもらえるかもしれない。

奏を救いたい。他でもない自分が。

そして、奏に自分を求めてもらいたい。

琉生がいいのだと、琉生でなくてはいけないのだと。

奏と関われば関わるほど、奏に近づきたくなり、欲張りになり、しまいには彼女に小指がないことすらも愛おしく思う歪んだ感情を抱いている自分に琉生は失笑した。

恋や愛とは名づけられないけれど、渇望してやまないこの気持ちは、次第に彼女に触れたい、にかわっていて、これまで何度も彼女に手を伸ばしかけた。実際に彼女の肌に触れたら、と想像するだけで琉生の胸がぐっとなにかに摑まれる。

自分の胸の中にある奏への想いは、貪欲で歪で邪だ。どこに行き着くのか、想像もできない。それでも、もう止められない。

◇◆◇

「行ってらっしゃい」

寝ぼけ眼のまま、玄関先にいる琉生に奏は声をかける。

土曜日の午前七時半過ぎ、琉生が外出の準備をする音で目が覚めて、彼を送り出そうと部屋から出てきた。休みの日にもバイトがあり早起きしなければいけないなんて、学生も大変だ。

「すみません、起こしちゃいましたか？」

「ううん、大丈夫」

琉生の気配で起きたことには違いないが、朝が弱いくせにこうしてベッドから出てくるのは、奏がそうしたいからだ。パンの焼ける音やコーヒーや紅茶の匂いは、心地のよい目覚めをくれて、寝ているのがもったいなく感じる。これまではあたたかい布団の中から出るのがいやでだらだらと寝ていたのに。

「朝ご飯テーブルに用意してます。お昼はサンドウィッチがあるから食べてください」

「そこまで気を遣わないでいいのに。でも、ありがとう」

自分が食べるでもないご飯を朝早くから用意するなんて、奏には考えられない。何度気にしなくていいと言っても、琉生は準備をしてしまう。もちろん、奏はそれを残すことなく食べる。

「今日の帰りは夕方になると思います」

「うん、わかった」

「今日も映画観ます？　なんかいいのあるか調べときますよ」

そうしよっか、と答えると琉生は相好を崩した。なにがそんなにうれしいのかわからないが、琉生の笑みは奏の気持ちをあたたかくしてくれる。

平日の夜は海外ドラマを、休日の夜は映画を観るのがお決まりになっている。琉生は写真が好きだからなのか映像にも興味があるようで、奏は物語や音楽に惹かれる。観るところが違うからか、観終わった後にあーだこーだと小一時間語りながらお酒を飲むのも楽しみのひとつだ。

今のところ、奏と琉生のあいだに色っぽい雰囲気はない。奏は琉生を異性というよりも親戚の年下の男の子として捉えていた。

けれど、どうも最近微妙な変化を感じるのは、気のせいだろうか。

「あ、奏さん寝癖ついてますよ」

彼の手が奏の髪の毛に触れた。ぴくりと反応をしてしまったのを誤魔化すように「今日は家にいるからいいの」と体をよじる。

「奏さん、今までマジでどうしてたんですか」

「いや、ちゃんとしてたし！」

ケラケラと笑われて、羞恥で頬が赤く染まる。自分よりも年下の大学生男子に子どもも扱いされるなんて。大人としての余裕を見せつけなければと思うのに、ちっともうまくできない。

「一度水に濡らさないとならないかもですね、これ」

ぴこんと跳ね上がる奏の髪の毛を、琉生が何度も押さえつける。子どもだと思っていた彼の手は、奏が思っていたよりも大きくて男らしく、やさしい。奏を見下ろす琉生の瞳が甘く感じられて、落ち着かない気持ちになる。

琉生は、気兼ねなく、躊躇なく、奏に触れてくることが増えた、気がする。

戸惑ったのは、最初の数回だけだった。不思議と不快感はなく、彼のクセなのだろうかと受けいれるとすぐに慣れた。そのかわり、戸惑いとは別のなにかが刺激されて、平静を装いながらも心臓が過敏に反応してしまい、そんな自分に羞恥し、そわそわするようになってしまった。

彼との距離がはかれなくなっている。時々、目の前の男の子が男に見えてしまう。

琉生は「じゃあ、いってきます」と玄関先にかけてあったマフラーを首に巻いた。

「あ、ちょっと待って」

ハッとして奏はぱたぱたと自室に入った。そして、戻ってきた奏は琉生のマフラーに手を伸ばしてそれをほどく。かわりに、持ってきた自分のマフラーを彼の首に巻きつけた。

指先が琉生の頬をかすめる。背伸びをしているので、いつもより彼の顔が近い。

「このマフラー毛玉だらけで傷んでるから、これ使って」

奏が一昨年まで使っていた、くすんだピンクとグレーがグラデーションになっているマフラーだ。男女兼用できる落ち着いた色味で、なによりも琉生に似合うだろうと思い、数日前にクリーニングに出しておいた。

マフラーは思ったとおり、琉生にとても似合っている。最後にちょいっとマフラーをつまんで彼の鼻先まで引き上げると、その姿がかわいくて自然と口の端が上がった。

「風邪引かないようにね」

「ありがとうございます」

「また看病するの大変だから」

「奏さんは風邪引いてもいいっすよ。おれが看病するんで！」

「社会人に不吉なこと言わないでよ。気軽に休めないんだから」

顔の下半分が隠れていても、琉生が微笑んでいるのがわかる。ほんのりと彼の頬が赤くなっているような気がするのは、自意識過剰だろうか。

彼の大きな手が、奏の手に触れた。彼の手に包まれている自分の手が、溶けていくような感覚に襲われる。まるで、体の中にあるチョコレートの塊が熱でどろどろに形をかえていくみたいな、変な感じだ。

琉生と一緒に暮らしはじめてまだ二週間ちょっとだというのに、奏はもうそれ以前の自分がどんな態度を彼に見せていたのか思い出せない。

このままでいいのか、と頭の中で危険信号が点滅している。それを無視し続けている理由を必死に探す。彼に対して自分がどんな感情を抱いているのか。導き出される答えを直視したくなくて、受けいれたくなくて、悪あがきをし続けている。

「……琉生くん」

「はい？」

家探しはどうなっているの？

ここ数日何度も言いかけて呑み込んだ言葉は、今日も声に出すことはできなかった。かわりに、「いってらっしゃい」と微笑むと、琉生は元気に「いってきます」と笑った。その明るさに、胸の中があたたかくなる。

さて、これからどう過ごそうか。

洗濯物を干し終わり、ベランダの手すりに肘を突いてぼんやりと景色を眺める。お昼を過ぎると、朝よりも幾分気温が上がった。今日は風も穏やかで、肌寒いけれど震えるほどではなく、心地がいい。空がすかっと晴れていて気分も澄んでいく。

心に余裕があるからか、世界が美しく見える。

今は若干、余裕がありすぎて困っている状態なのだけれど。

「ひとと暮らすと、やらなきゃいけないことは減るんだなあ」

いや、相手が琉生だからか、と思い直す。

今まで、休日はやることがたくさんあった。ほぼ一週間手つかずの掃除をするだけで一日はあっという間に終わってしまう。けれど、琉生と暮らしはじめてからは、彼が毎日部屋の隅々まできれいにしてくれるので、することがない。洗濯も少ししかなかったのに、暇だから済ませたのだ。

はあーっと空気を白く染めるように息を吐き出し、澄んだ空気を吸い込んだ。

これからなにをして一日過ごそうか、と再び考える。どうしようかなあという独り言が、いつの間にかリズムになり、無意識に体と指先が動き出した。小指がなくても、奏の耳にはしっかりと音が聞こえてくる。

ふんふんと歌い体を揺らしていると、口角が上がっていくのがわかった。

そのとき、ぽんと軽い電子音が聞こえてきて、ポケットに入れたままにしていたスマホを取り出す。トーク画面を開くと母親からのメッセージで『知り合いにおいしいリンゴもらったから送るわね』という内容だった。母親が経営している会員制サロンの従業員からもらったものだろう。実家がリンゴ農家らしく毎年この時期大量に届く。他にも、映画や舞台のチケット、どこかのホテルの宿泊券、ディナー券などを客からもらうこともある。どうやら裕福なひとが多いらしい。

ちなみに父親は、母親、つまり奏の祖母が立ち上げたチョコレートブランドの会社を、祖母亡き後若くして継いだ二代目社長だ。それほど規模は大きくないが高級志向で店舗数を絞っているため、それなりに人気がある。

奏が幼い頃から、忙しいふたりはほとんど家にはいなかった。国内だけではなく海外にもよく出張に行っていて、数ヶ月帰ってこないことも多かった。かわりに家政婦が週に数回来ていたが、奏が学校に行っているあいだだったので、いつの間にか部屋はきれいになり、冷蔵庫やテーブルに食べ物が並んでいるのが当たり前だった。家事が苦手な理由は、そのせいなんじゃないか、と奏は思っている。

独り暮らしをはじめて、掃除機だけで部屋がきれいになると思い込んでいた自分の無知さに気づいたときは愕然としたことを（ついでに清晴にドン引きされたことも）覚えている。そして、匙《さじ》を投げた。

――けれど琉生は、隅々まで掃除を怠らない。

一度彼が掃除するところを見たことがあるけれど、いつ、どのタイミングでどこを磨くべきなのかがタスク化されているのか、無駄のない動きだった。かといって潔癖症だとか綺麗好きとも違う気がする。

「不思議な子」

琉生は、どんな家庭で育ち、どんなふうに成長して今に至っているのだろう。

気遣いに長けているのも生まれつきの性格なのだろうか。

ご飯も、掃除も、飲み物ひとつでさえも、琉生は奏が動く前に先回りして準備をする。映画もドラマも、奏が好きそうなものを選び、一緒に観てくれる。そして、奏がひとりになりたいときはなにも喋《しゃべ》らない。

ありがとうと言うたびに、彼の目元は緩んで下がる。そんなことしないでいいよ、と言うとほんの少しだけ眉を下げて、不安げな表情を見せる。

まるで、奏の生活の一部になろうとしているみたいに感じた。奏に断られたり遠慮されると、捨てられるのではないかと思っているのかもしれない。

だからなのか、家探しがどうなっているのか、奏は琉生に確かめることができなくなった。口にすると、琉生がぽろりと涙をこぼしそうな気がするから。そして、追い詰めると奏を安心させるために大丈夫だと嘘を吐いて出て行くかもしれないから。

今までずっと、こんなことを繰り返していたであろう琉生を、奏は突き放せない。琉生に家のない不安な日々を過ごしてほしくない。

果たして、理由はそれだけだろうか。

はじめは同情だった。凍えている弱い生き物に手を差し伸べる感覚に近かった。

けれど、自分たちの関係は、もう、健全なものではない。少なからず邪な不純物がまざりはじめているのは間違いない。奏はもちろん、琉生にも。年上の奏に特別な感情を抱いているはずがない、と否定するには、彼の言動は甘すぎるのだ。

彼に触れられた左手を広げて、なんとなしにそれを右手に重ねた。

彼のあの手は、今まで何人の女性に触れてきたのだろう。

そう考えると、胸に黒いもやが生まれる。

——私は、琉生くんのことが、好きなのだろうか。

意を決してひとつの可能性を心の中で言葉にしたけれど、それはちっともしっくりこなかった。そんなことあるはずないと、否定する自分がいる。

小指が欠けたせいで、自分の感情を理解できなくなったのかもしれない。

もしもこの手に小指があれば、自分はどうしていただろうか。

そんな〝たられば〟を考えたところで無意味だ。馬鹿馬鹿しい思考を振り払って部屋の中に入ると、琉生が使用している部屋のドアが気になって落ち着かなくなった。


暗闇の中で、テレビの画面が灯《とも》っている。

ひとりの女性が家族と決別し、泣きながら歩いているシーンが流れていた。血の繋がらない複雑な家族のアンバランスな関係を描いたこの映画を動画配信サイトから選んだのは奏だ。それほど人気があるわけではない地味な映画だが、評判がよく気になっていたのだ。

けれど、ずっと琉生の手が奏の手に重ねられているせいで、映画どころではない。画面を見ているのに、奏の意識はずっと左手に集中していて、ストーリーがちっとも頭に入ってこなかった。感動のシーンに涙が浮かぶこともない。

なぜこんなことになっているのか。

映画を観はじめたのは晩ご飯と入浴を済ませた、夜の十時を過ぎてからだった。目の前のテーブルには缶ビールと、琉生がトースターで焼いてくれた一口サイズのハッシュドポテトがある。が、それを味わう前にこの状態になってしまった。

開始十分程たったとき、下半身にかけていたブランケットの中にある左手の指先に、なぜか彼の手が触れた。驚いて彼に視線を向けたけれど、琉生は画面を見つめたままで、なにも言えなかった。触れているだけで、握られているわけではない。なのに、細い針が全身に無数に刺さっているみたいに落ち着かなくて、そして、しばらくして彼の手が奏の手を包み込んできてからは、ずっとパニック状態だった。

ブランケットの下で重なる手からじわりと熱があふれて、体中が汗ばむ。さりげなく琉生の手から自分の手を抜き取ればいいのに、動けない。琉生は自由気ままに体を動かしていたけれど、奏の手の上の右手は一瞬も離れることはなかった。

しっとりとした音楽が画面から聞こえてきて、エンドロールが流れはじめる。結局ほとんど話を理解できないまま終わってしまった。映画を観ただけとは思えないくらい疲労困憊《ひろうこんぱい》状態で、ぐったりする。

「面白かったですか?」

ふわふわの綿菓子みたいな声に緊張が少しほぐれる。それを見計らったように、琉生の手のぬくもりがなくなった。ひとの気も知らず、簡単に触れたり離れたりする琉生を恨めしく思う。なんて自分勝手なんだ。

「まあまあかな」

素っ気なく返事をしてブランケットから自分の左手を出した。右手でハッシュドポテトをつまみ、左手で缶ビールを摑む——と、それは驚くほどするりと手からこぼれ落ちてしまう。

小指のない左手では力が入らない。だから、奏は左手でなにかをしなければいけないとき、できる限り気を抜かずに動かしていた。ちょっと滑って落としてしまうことは未だになくならないが、大惨事に至ることはほとんどない。それが今さら、こんな初歩的なミスをするとは。

テーブルからぼたぼたとビールがこぼれて奏のジャージを濡らしていく。ビール独特の匂いが鼻腔《びこう》を擽《くすぐ》った。

「じっとしてて、奏さん」

「ご、ごめん」

咄嗟のことに反応できずにいると、琉生が体を奏に寄せて、床に転がった缶ビールを拾い上げる。

近くに彼の顔がある。端正な顔立ちは、子どもではなく大人だった。濁った瞳は、彼が今までいろんなことを感じて過ごしていた証《あかし》のように思えた。

それも含めて琉生のことをきれいだな、と思う。

彼の瞳の中にいる自分はぽかんと口を開けてそれを見つめていた。ひやりと背筋になにかが這《は》う。冬の寒さが原因ではないなにか。同時に空気が張り詰めたのを肌で感じた。

時間の流れが緩やかになっていく。

「ジャージ、濡れましたね」

琉生の手が奏の左足に触れた。ビールが染みこんだジャージのズボンが、ぺたりと肌に貼りついてきて気持ち悪さを覚える。

「すぐに脱いで洗濯したほうがいいですよ」

琉生はついと視線を奏の太ももに落とし、撫《な》でるように手を前後に動かした。彼は、奏が琉生の顔から目をそらせなくなっていることに、気づいている。

「ほんと、奏さんは手がかかりますね」

「調子にのらないで。年下のくせに」

「そんなこと言われてもなあ」

琉生は、くすくすと笑う。彼の手はまだ、奏に添えられている。まるで欲情のスイッチを探しているかのようにゆるやかに動かされる。彼から発せられるすべてが甘ったるい。糖分過多で視界がかすみ思考が曖昧になる。

琉生が、奏の左手に手を絡ませた。

「奏さん」

空いている方の手を奏の頰に添えると、彼は奏の目を覗きこんできた。

やさしい声色と奏だけしか見えていないかのようなまっすぐな視線に、衝撃が走る。まるで心臓を直《じか》に包みこまれたような衝撃だった。

琉生が、奏を欲しているのがわかる。濡れそぼった猫が足元に絡みついてくるみたいだ。そして、警戒心を搔《か》い潜《くぐ》って懐に入り込む。

けれど、彼の目にはわずかに恐怖が浮かんでいた。いつもどこか不安げだったけれど、怖がっているのは、はじめてだ。

「……なにかあった？」

琉生の様子に緊張が消えて、思考がクリアになる。

もともと琉生は奏によく触れる。でも、今日の琉生はなにかが変だ。そのことに今やっと気づいた。いつからだ、と思い返せば、間違いなく映画を観はじめてからだ。

「今日、なんだか、変だよ」

空いている右手を彼の頬に添えると、まるで氷のようにひんやりとしていた。そして、奏の体温に表情が緩んだのか、歪む。それを隠すように彼は俯《うつむ》いて「なにも、ないですよ」と答えた。

これ以上踏み込まないほうがいい、と奏の中の奏が叫んでいる。

かといって「そっか」と話を終わらせることもできず、向かい合ったまま数秒、無言の刹那を過ごした。そして、

「ただ、ちょっと、映画が」

と、ゆっくりと琉生が口を開く。躊躇いがちにポツポツと、いつもより低くやや口ごもりながらくぐもった声で続けた。まだつながっている彼の手が小さく震えている。

「おれの家庭環境とちょっと、かぶっていて、それで、いろいろ思いだしちゃっただけで」

かぶっていた、という言葉に、奏は映画を思い返す。

映画の中の家族は、それぞれふたりの子どもがいる男女の話だ。出会い惹かれたふたりは再婚し、三人家族が六人家族になり、登場人物はみんな幸せそうだった。主人公はその子どものうちのひとりの女の子だ。

おだやかだった日々は女の子が高校生になり、その子の血の繋がった母親が亡くなったことから、次第に不安定になっていく。

父親と血の繋がっていない女の子はこのまま家にいてもいいのかと思い悩みはじめるのだ。そんな不安からなのか、父親の連れ子であった年の離れた兄のうちのひとりに、彼女は性的な目で見られているのではと疑心暗鬼に陥る。一方血の繋がった弟は、父親ともふたりの兄とも仲がよかった。誰にも相談できない彼女は孤独を深めていき――というストーリーだった。実際兄が本当に主人公に欲情していたのか、純粋な恋愛感情を抱いていたのか、もしくはそんな事実はいっさいなかったのかは明かされない。そこが、観ている側に不穏で不気味で、しかし確かな疑惑を抱かせた。

細かい部分やその後の展開はあまり思い出せないけれど。

「おれの両親も再婚同士なんですよね」

琉生が先にぱっと顔を上げて言った。そして、浮かせていた腰を下ろして床で胡座《あぐら》をかいた。肩の力を抜いて首元を掻く。

「……おれが中学一年になる前に両親が再婚して、二歳年上の姉ができたんですよ。その三年後、おれが高校一年になってちょっとしてから——父親が急死したんです」

似すぎている状況に、あの映画を選んだ自分を責めたくなった。家族関係だけではなく、家族の死まで同じだっただなんて。

この映画を選んだとき、琉生はどんな表情をしていただろうか。もしかしたら琉生もこんな内容だとは思っていなかったかもしれない。それでも、この映画を観るべきじゃなかった。琉生が映画のあいだ奏に触れてきたのは、もしかすると心細かったのではないか。そばにいる奏を感じたかったのではないか。

——そして、どうにかして離れられないように、強引に奏に迫るような態度を見せたのではないか。

「いやまあ、あんな映画みたいな事件は起こってないですけどね。ただ、おれもこの家にいていいのかって悩んだときのことが蘇ってきて」

明るい口調に努めているのがありありと伝わってきた。その痛々しい姿に、奏の胸が痛む。かける言葉が見つからないからこそ余計に。

「いいひとなんですけどね、母親も姉も」

ではなぜ、今現在苦悩の真っ最中かのように口元を引きつらせているのか。

「実の母が小二のときにいなくなって、それから父とふたりで、でも父も忙しかったんで家にいなくて、だから自分に姉ができたのが当時すごいうれしかったんですよ」

へへ、と琉生が笑った。

父親のことを嫌いではないし、ひとりがさびしかったわけでもないけれど、きょうだいという存在にすごく憧れを抱いていたらしい。その気持ちは奏にもわかる。奏も、家にひとりぼっちのときによくきょうだいがいてくれたらよかったのになと思った。

「急にきょうだいになったわりには、まあまあいい関係だったと思います。おれの姉すげえきれいで、頭もよくて、自慢に思ってたくらい」

琉生は姉に懐いていたようだ。懐かしそうに語るその表情には、はっきりと悲しみが浮かんでいた。

「でもやっぱり、年の近い男女がいると気にするひとも多いんですよね。まわりに警戒されると、意識せずにはいられないっていうか。特に、父親がいなくなってからは」

琉生の言いたいことを理解すると、鳥肌が立った。

年が近い男女が一緒にいることにではない。それを問題視するひとの下世話な発想にだ。

「だから、家事を手伝ういい息子でいようとして、姉にとってもまわりにとっても、いい弟であるように、結構気を遣ってたんですよね」

「そう、だったんだ」

口にして、なんて軽く中身のない言葉なのだろうと恥じる。ろくな言葉をかけられない自分が情けなくて仕方がない。そう思っているのが琉生に伝わったのか、彼は苦笑する。

「でもまあ、父が亡くなるまでの三年しか一緒に暮らしていないし、しかも姉はおれより年上の高校生だったし。だからでしょうね」

彼の指先が奏の指をやさしく撫でる。感情を落ち着かせようとしているのかもしれない。その先を聞くのが怖いと思ったけれど、今、奏にできるのは、彼の想いを聞くことだけだった。

「姉に、家族だと思ったことはなかった、って言われました」

思ってもいなかった言葉に、目の前が真っ白になる。

口をパクパクさせていると、琉生は慌てた様子で「姉の気持ちはわかるんです」とすぐにフォローする。

「前から友だちとかにいろいろ言われてたと思うんですよね。それに、おれもどうしていいのかわかんなくて、とにかく姉と仲良くしようと必死になっちゃって」

琉生は、母親を困らせないように、姉のことを慕っているのがわかるように、それだけは忘れないようにと日々を過ごしていたらしい。それが余計に姉を苦しめたんです、と琉生が小さな声で言った。

「おれが姉に近づくたびに、まわりはからかうんです。よく考えたら、血が繋がっていてもいつまでも仲のいいきょうだいって、シスコンブラコンって茶化されるときもあるんだって、あとから気づきました」

そう言われるとたしかに、とは思う。でも、奏は納得できず唇を噛む。

「それからですね、家族じゃなくても家にいられるように、必要と思ってもらおうと思って、友だちと遊ぶのを減らして、バイトして、家事をめちゃくちゃ手伝って……」

きっと、その日を境に琉生はかわってしまったのだろう。楽しかった日々が途端に色を失い、琉生の気持ちを塗り替えたに違いない。まだ高校生の琉生がそんなふうに変化しなければいけなかったことを考えると、やるせない気持ちに襲われる。

自分になにができるのか、と奏が必死に考えていると、

「ただ、そう思えるのはあるひとに助けてもらったからですけど」

琉生は遠くをやさしく見つめて言った。さっきまでの苦しそうな表情が消えて、幸

せな思い出なのだとわかるほど、穏やかに口元が弧を描く。

「姉に家族と思われてなかったって知ったときはさすがに落ち込んでたんですけど、短い時間で、悩みを話したわけでもないのに、偶然出会ったひとのおかげでスッキリできたんです」

キラキラと目の奥を輝かせて琉生が話す。

彼の視界には、きっとそのときの誰かが映っているのだろう。

「そっか」

よかった、と思うと同時に、当時の彼をそんなふうに癒やせるひとのすごさに嫉妬した。今、なにも言えずに相槌《あいづち》を打つしかできない自分とは雲泥の差だ。

彼の目は、まるでそのひとに恋をしているかのように艶やかだった。

妬ましくなる。自分は親しいひとですらすくいあげることができなかったのに。彼にそんな想いを抱かせることができるなんて、狡い。

「気分が上がると、抱えていた気持ちって吹っ飛ぶんですよね。で、残ったのが、おれは母も姉も嫌いじゃないなってことだったから、とりあえずできることをやろうと思って。その結果、家を追い出されることもなく、大学まで通わせてもらって、それなりに幸せに過ごせました」

琉生のさっぱりとした表情のなかに今も陰りはある。奏はそのことに安堵し、そんな自分が恥ずかしくなった。彼が思い出している誰かが自分ではないからという理由で、嫉妬して、彼が今も苦しんでいるかもしれないことを喜ぶなんて最低だ。

「奏さん？」

あまりに醜い自分に憤りを感じていると、琉生は奏にあたたかみと真意が見えない闇深さをまぜた視線を向けて首をこてんと横に倒す。

愛おしさが、自然に胸に広がった。

琉生は、一緒に過ごしていたあいだ奏の世話をした。それは〝してもらった〟ではなく〝させてあげた〟だった。彼のやりたいように、したいように、奏は場所と立場を提供していた。琉生もそのことには気づいていた。わかっていて奏を甘やかそうとしていた。なんとかしてこの家にとどまるために。

そんな彼をいじらしいなと思う。

「今は、楽に息ができてる？」

「へ？　あ、うん……家を出て距離ができると、随分楽になりました。不仲なわけでもないから、やっぱり、母親と姉には、感謝しかないです」

「私に――」

できることはあるか、と口を突いて出そうになった。

――『奏、約束しよう』

――『約束して』

なくなったはずの左手の小指がずくりと疼く。

――『奏のやっていることは偽善でしかねえよ。やらぬ善よりやる偽善って言葉は、善と偽善について理解している相手が言ってこそ意味があるんだよ』

病室で横になっている奏に、いたわりの言葉ひとつかけずに清晴が言った台詞が蘇った。あのときの奏は、体中痣《あざ》だらけで、呼吸をするだけでも体がギシギシと痛むのに、どうしてこんなことを言われなければいけないのかと思った。悲しみと怒りで清晴に枕を投げつけようとしたけれど、掌に爪を食い込ませるほど力一杯拳を作って瞳を涙で濡らしていた彼に、奏はなにも言えなかった。

清晴にとって、蒼斗は友人だった。

きっと清晴は、今のこの状況にも同じような台詞を口にすることだろう。

「どうしたんですか、奏さん」

今の自分は、泣きそうな顔をしているはずだ。

彼と触れあっていた左手がじくじくと痛み出す。事故後からずっと、不思議なほどに痛みを感じなかった小指が、今は熱を帯びてしびれはじめる。胸に広がった彼への気持ちが飛散して、今はない指先に神経が集中する。

もしかすると、これは琉生を愛おしく思ったことへの罰なのだろうか。

──『指切りって、心中立てのひとつらしいよ』

そう言ったのは、蒼斗だったのか、清晴だったのか。記憶は曖昧だ。けれど、あの言葉に奏も蒼斗も頬を赤らめて幸せそうに笑ったことだけはたしかだ。

「なんでもない、よ」

目を伏せて、口元にだけ笑みを浮かべる。そして彼の手から自分の手を引くと、瞬時にぐいっと引き寄せられた。体がわずかに前のめりになったけれど、かろうじて彼の胸元に倒れ込むのをこらえる。

「なんで、離れようとするんですか」

「いや、なんでって……」

「おれと一緒にいるのは、居心地が悪いですか？」

そんなことはない。むしろ快適すぎるくらいだ。とぷとぷと注がれる彼からの愛情は、心地いい。ときおり彼が子どものような表情をすると、体があたたかくなる。このまま暮らし続けてもいいのではないかと何度も思った。

彼にもたれかかりたくなるくらい。年の差なんてちっとも気にならないくらい。もう自分を誤魔化すことができないほど、奏はすでに琉生に惹かれていた。でも、それを口にするのは憚《はばか》られる。いや違う、口にしてはいけないのだ。声に出してしまったら、後戻りはきっとできない。

「奏さん、おれ」

縋るように声を震わせて名前を呼ばれる。

琉生は奏に期待をしている。

「そばにいて、奏さん」

ぞわりと背筋に悪寒が走った。足元から、過去が蛇のように這い上がってくる。

――『今度はなにを与えんの？　家？　食事？　家族？　安らぎ？』

――『それとも奏自身？　次はどの指？』

清晴の嫌みが聞こえる。

「やめて」

心臓が、大きく激しく伸縮して、体中が震える。体が縮こまる。反射的に手を引くと、琉生の手は思いのほか簡単に剝がされた。さっきまではどうやっても振りほどけないと思っていたのに。

呼吸が浅くなっているのを悟られないように自分の体を抱きしめて、首を左右に振る。

このまま彼との関係を続ければ、自分はまた、傷つける。そして、捨てられる。四年前と同じことを、懲りもせずに繰り返す未来しか見えない。二度目の同じ後悔は、もう二度と奏を縛って放さないだろう。

「おねがい、やめて」

大きな、そして震える声に琉生がびくりと体を震わせた。そして、奏のあまりの狼《ろう》狽《ばい》ぶりに、すぐに状況を察知して身を引く。

「ご、ごめん！　あ、タオルだよね。ちょっと待ってて」

「――出てって」

立ち上がろうとする琉生を引き留める。ぎゅっと両手で拳を作るけれど、左手だけは力が入らず、それがもどかしくて空《むな》しくなる。

「琉生くん、もう、やめよう、こんなのおかしい。やめたい」

「な、なんで？　もうそばにいてとか、言わないから、だから」

叱られた子どもが親に縋りつくように、琉生が奏に向かい合った。大きな体を小さくして、俯く奏の顔を覗きこんでくる。彼の手が、奏のジャージの裾をぎゅっと握りしめる。

心細さが伝わる琉生の声色に、手を差し伸べたくなる。けれどこれはおそらく偽善といわれるもので、満足するのは自分だけだ。

未だに偽善と善のちがいなんてわからない。でもきっと、縋りつく人を抱きしめて、相手にとって心地のよい言葉を並べる行為は善ではない。

これが善であれば、今も〝彼〟は笑ってそばにいてくれたはずだから。

喋ろうとすると喉がひりつく。

「私が、無理なの。琉生くんのためにも、そのほうがいい」

「おれのためなら、この家に住ませてよ。おれは、それを望んでる」

首を左右に振り、彼の手を自分の服から引き剝がす。

「おれじゃ、不足している小指を埋めることはできない？」

なにが言いたいのかわからず首を傾げた。小指を埋めたところでどうなるのか。小指のことを気にしないひとだとは思っていたけれど、思い返せば彼はやたらと左手に触れてきた。微笑みを浮かべているときもあった。

清晴は、この手を見るたびに顔をしかめたのに。

もちろん、それは醜いからだとか、不快だからではないことを知っている。奏と蒼斗の記憶を思いだし苦痛を感じているだけだ。

奏も同じだ。

それは一生、奏と清晴の中から消えることはない。どれだけ琉生がこの手に寄り添ってくれても、かわらない。

「――できないよ」

小さく首を振って、琉生の目を見つめる。

過去はなくならないから。忘れたいと思うこともできない。

「これは、心中立てで、刑罰の結果だから」

小指を切り落とすのは愛するひとに自分の想いを誓うためのものだったらしい。そして、誰もが知っている罰でもある。禊《みそぎ》なんてものではない。

「私は、大学時代からつき合っていたひとと、ずっと一緒にいるって約束したの。その結果、小指を失ったから、だから、もう誰とも約束は交わさないの」

彼に――蒼斗に、誓いを立てたから。

そして自分のせいで誰も幸せになれない結末を引き起こしたから。

琉生は茫然《ぼうぜん》とした表情で奏を見つめた。

「そんなの……詭弁《きべん》じゃん。無理やりこじつけの言い訳をしてるだけじゃん」

失笑をして「そうだね」と答える。でも、そうやって自分を縛りつけなければ律することができないくらい、奏は弱くて、自分本位な考え方しかできないのだ。

「ごめん、もうこの家で琉生くんとは、過ごせない」

ごめんね、ともう一度言って頭を下げる。同時に体を引いて彼と距離を取った。

「ここで謝るのは、狡い」

歯を食いしばり琉生の視線を逃げずに受け止めていると、険しかった彼の表情がみるみる歪んでいく。泣き出しそうだ——と思った途端、彼の瞳から雫《しずく》が頬を伝った。

冷たい部屋の中だからか、それはすぐに凍ってしまいそうなほどきれいで透き通っていた。重力に引き寄せられる涙が、彼の顎でとまる。

それを、欲しいと思った。

この気持ちは、間違いなく愛だ。

彼の涙にも愛が含まれていた。

ただ、それは決して交わらない。

自分が泣いていることにしばらく気づかなかった琉生は、床にぽたりと落ちた涙に驚き体を震わせる。そして、乱暴に涙を拭いそばにあったリュックを掴んで立ち上がった。そのままバタバタと逃げるように玄関に向かい、コートとマフラーを抱きしめてなにも言わずに出ていく。

騒がしい音のあとに取り残されたのは、彼の涙の余韻と、静寂だけだった。

氷河で迷子になったような心許《こころもと》なさに、足元が不安定になる。

今いる場所は自分の家なのに、そう思えないのは、さびしさからか。

あのまま琉生を受けいれていれば、と考える自分はどうかしている。踏みとどまれた自分の理性を褒めるべきだ。四年間で多少成長している自分を誇ってもいい。

視界が滲んでいることで自分が泣いているとわかったのは、それからすぐのことだ。

3

切り離された証のはなし

奏が話しているあいだ、清晴はずっと無言で枝豆とビールを交互に口にしていた。視線すら奏に向けない。喋ることに夢中になっている奏はそれに気づくことなく、小一時間同じ話を繰り返していた。

「で、清晴はどう思う……？」

「知らねえよ、ほっとけ」

ひとしきり吐きだして満足した奏は、今日はじめて清晴に意見を求める。そして彼は間髪を容れずに一蹴する。清晴は今日も平常運転だな、と奏はため息を吐いた。

清晴ならそう言うだろうとは思っていた。それでも清晴を相談相手に選んだのは、奏の過去と現在、そして琉生を知っているのが彼しかいなかったからだ。返事は不満だが、とりあえず奏のうだうだした話を最後まで黙って聞いてくれたおかげで気持ちが落ち着いてきた。

琉生が土曜日に家を出て行って、今日で四日になる。そのあいだ、琉生からの連絡は一切なく、おまけに喫茶店のアルバイトも休んでいるため姿を見てもいない。

今、彼はどうしているのだろうか。

出ていってほしいと言ったのは奏だ。だから、琉生を心配するのはおかしい。それはわかっているけれど、気にせずにはいられない。

「どこかで倒れてたりしたらどうしよう……」

ううーん、と今日何度目かわからない唸《うな》り声を上げて頭を抱える。

「自分の意思で出てったんならほっとけよ」

「だって荷物ほとんど私の家に置きっぱなしなんだよ」

「いらないもんなんじゃねえの？」

「スウェット姿で出てったから服も家にあるんだけど」

「服くらいどうにかするだろ」

普通ならそうかもしれないが、彼はお金がない。いや、バイト代があればなんとかなるのかもしれない。でも、彼が持って行ったのは、玄関先にかけてあった上着とマフラー、そしてリュックとカメラだ。奏と一緒に住むようになってから、彼はリュックの中に必要最低限しか入れていないので、部屋の中には、服やスマホの充電器、その他細々としたものが残されている。

奏に会いたくないのなら、合鍵を持ったままなので奏がいない時間に帰ってきて荷物を持ち出すことができる。なのに、彼の部屋に変化はない。

避けているだけならかまわない。荷物も必要でないならそれでもいい。

だが、もしもどこかで倒れていたら。体調を崩して動けない状態だったら。

そう考えるといても立ってもいられず、とにかく誰かに相談しなければと思ったのだ。こういうとき、自分ひとりで判断するとろくな結果にならないことを理解していたからでもある。だからこその、清晴だ。

悩みに悩んで今日の昼過ぎ、清晴に『話したいことがある』とメッセージを送った。返事が届いたのは一時間後で、『仕事が終わったらいつもの店に行くけど』という短い内容だった。〝いつもの店〟はお互いの家のちょうどあいだにある、静かな駅前から徒歩三分のこぢんまりとした古いおばんざい屋だ。定食メニューが多いので、男性の一人客が多い。大学時代この近くに住んでいた清晴がよく利用していたらしく、奏と清晴が夜に会うときは大抵この店だ。

「相談があるとか言うからなにごとかと思った」

ぐびぐびとビールを飲んでから清晴が舌打ちまじりに言う。なにか大変なことがあったのかと思い心配してくれていたらしい。

「くだらねえ……平日の夜にわざわざ会って話すようなことかよ」

「私が平日を指定したわけじゃないでしょ」

もごもごと言い訳をすると、はいはい、と清晴が肩をすくめる。

「気になるなら奏から連絡したら？　連絡先は知ってるんだろ」

「知ってるけど……」

そこでなんで躊躇するのかわかんねえ、と清晴は顔をしかめる。

「自分から連絡して拒否られてることがわかるのがいやなだけだろ」

「う、ぐ……」

瞬時に言い訳をしようと思ったけれど、言葉が出てこなかった。つまり、清晴の言うとおりだと自分で気づく。

「そもそも追い出したのは奏だろ」

「そう、だけど」

「追い出したのに気にしてる理由はなに。駆け引きのつもりだったのか？　出ていきたくないって言ってほしかったのか？　どうしてほしかったんだよ」

遠慮のない嫌みに、奏はむうっと黙って口を尖《とが》らせる。その反応に、清晴は呆れたように肩をすくめてまたビールを飲んだ。

出て行ってと言ったのはたしかに奏だ。駆け引きをしたつもりはない。あのまま一緒に暮らすわけにはいかないと思ったのも本当だ。

気になるなら連絡すればいい。拒否されれば仕方ないなと割り切ればいい。連絡が取れたら荷物のことを訊けばいい。それだけのこと。

なのに、それができない。

ずっと黙っている奏に、清晴は「もしくは」と言葉を続ける。

「好きなのか？」

小さく体が震え、答えるのを拒否するかのように口が動かなかった。

いつもなら無言が答えだと受け止めて話を進める清晴も、なにも言わずに奏を見つめる。この場を流すつもりはないのだろう。奏が自分の口で話すまで、清晴は何時間でも待ちそうだ。根比べでは清晴には敵わない。清晴相手に誤魔化しはきかないし、無意味だ。

降参のため息を吐いて、視線をテーブルの上に並んでいる料理に落とす。

「……好きなら、どうするの」

「いや、俺には関係ないからどうもしないけど」

あ、そうですか。

いや清晴はこういうひとだと知っていたじゃないか。清晴の目的はただ、奏が直視するのを避けていた気持ちに向き合わせることなのだ。馬鹿馬鹿しいことを聞いてしまった自分が恥ずかしくなる。

「好きとかは、よく、わかんない」

素直に言葉にして、これは違うな、と思う。

「好きかもしれないけど、恋愛感情かどうかは、判断がつかない」

琉生のことはきらいではない。触れられていやだとは一度も感じなかった。むしろ、心地よかった。彼のことを可愛いとか愛おしいとか思う瞬間もあった。でも、その気持ちの核みたいなものが摑めない。出会いが特殊だったからかもしれないし、相手が年下だからなのかもしれない。もしくは、奏が恋愛に臆病になっているだけなのかもしれない。

「好きってなんなのかな」

「くだらないこと考えてんなよ、面倒くさいな」

清晴はそう言い捨てて、ぺっと枝豆の皮を空いた皿に投げ入れた。そしてゴッゴッゴ、とジョッキのビールを飲み干して、追加の注文をする。

「どっちにしても、あいつももう成人してるんだから自分でなんとかするだろ」

「そう、だよねえ」

清晴にそう言われると、少しだけ気が楽になった。清晴がまったく心配していないなら大丈夫なんだろうと、不思議とそう思わせられる。

「合鍵は返してもらえよ、ちゃんと」

「うーん……まあ、そのうち…には」

「家の鍵をかえろ。それならできるだろ」

曖昧な返事をすると、清晴はテーブルに肘をついてこめかみに手を当てる。どうしようもないやつだな、と思っているのだろう。でも、琉生は鍵を悪用することはないだろうと奏は思う。そのうち、家には入ってこなくともポストに返しに来るのではないか、と。

過ごした二週間ほどのあいだ、彼は、ずっといい子だった。見た目も振る舞いも、軽く見せているところはあるけれど真面目で誠実だ。もし騙されていたなら、それは琉生のせいではなく信じた自分のせいなので仕方がない。

清晴は奏がなにを考えているのかわかったのか、新たに運ばれてきたビールに口をつけて「好きにしろ」と突き放すように言った。

今日はすでに五杯目のビールなので、清晴にしたら随分ペースがはやい。明日も仕事なのに大丈夫だろうか。と考えて、それほど奏のことを心配して週の真ん中だというのに時間を作ってくれたのだと思う。仕事も決して暇ではないはずなのに、定時に切り上げてくれたのだろう。

思い返せば、清晴はいつだって奏のために動いてくれている。独り暮らしをはじめるときはいろいろ教えてくれたし、拾った犬猫の引き取り先を探すときも、家の鍵をなくしたと焦って相談したときも、めちゃくちゃ怒られたし嫌みも言われたけれど、清晴はすぐに対応してくれた。

「……清晴はなんだかんだ、面倒見がいいよね」

思わず本音をこぼすと、清晴は怪訝な顔を奏に向ける。

「別にそうとは思わないけど。なに急に、気持ち悪いな」

「自覚がないだけだよ。高校時代私のことをきらってたのにさ。大学から親しくなったとはいえ、事故のあとも自業自得だって私を見放してもよかったのに」

「相手が奏じゃなかったら、そうしてただろうな」

さらっとなにやら特別感のあることを言われて「へ」と間抜けな声を出してしまった。

どうしたの清晴、酔っているの、とまじまじと見つめてしまう。その視線を無視して清晴はつまみの軟骨唐揚げに箸を伸ばしながら「だって奏はバカ過ぎるから」と言った。

「高校のときも見ててすげえイライラしてたけど、きらいだったわけじゃねえよ。きらうほど奏のこと知らなかったし」

ああ、なるほど、そういう意味か、とほっとして納得する。いや、ほっとするのもおかしいか。

「でも、清晴には目が会うたびに顔をしかめられた記憶しかないんだけど」

「あの頃の俺は四六時中ピリピリしてたんだよ」

懐かしむように清晴は遠くを見つめる。

そしてふと、目の前に並んだ料理を見て「好きなもんを好きなように食べることができるようになったからかもな」と呟き、今度はスライストマトを口に運んだ。

「あのころは、ひとにやさしい奴を見ると無性に腹が立ってたんだよ。人助けとか大嫌いで。そのせいで他の人間が損をするかもしんねーのになにやってんの？　って」

うん、とよくわからないけれど奏は相槌を打つ。

「俺の親父が、お人好しを煮詰めたような性格だったんだよ」

清晴が頬杖をついて話を続けた。

「ひとに金を貸すわ、自営してたんだけど仕事がない知人をすぐ従業員にするわ。ひとを騙すよりも騙されるほうがマシだってよく言ってたな」

清晴の父親は奏と似たタイプだ、と奏は思う。昔、奏も友だちにお昼ご飯をおごったりお金を貸したりしたことが何度もある。貸したお金の返済を迫ったことはない。掃除当番や委員会をかわってあげるときも、相手が嘘をついているかは気にしたことがなかった。

ひとを疑いたくなかった。騙されていたとしても。

「その結果、親父は友人とやらのために借金まで背負ったんだ」

「え？」

「親父の目の前の誰かは親父のおかげでたしかに救われたかもしれないけど」

行儀悪く、清晴は箸を揚げ出し豆腐に突き刺した。

「そのせいで俺や弟や母親は不幸になったわけだよ」

生活が一変し、一時期は家の中が毎日お通夜のように暗かったのだという。母親はパートに出かけるようになり、それまで不自由なく手に入っていたゲームやマンガをなかなか買ってもらえなくなった。弟はやりたかったサッカーを諦めることになり、清晴も塾などには一切通うことができなかったのだとか。

清晴が高校のときに母方の祖父が亡くなったことで遺産が入り、そのおかげで清晴は第一志望だった私立大学を選ぶことができ、弟も無事に高校進学ができたようだ。残ったお金は借金の返済にあて、清晴が大学を卒業する少し前になんとか完済できたらしい。けれど、借金がなくなったから元通り、になるはずもなく、その後、両親の関係はかなりかわってしまったのだという。両親はそれまで仲がよかったはずなのに、今はほとんど口を利くこともなく、家にいると息が詰まるのだと清晴は苦く笑った。

「まあ、そういう理由で、親切なやつを見るとイライラしてた時期なんだよ。大学に入って落ち着いただけ」

「そう、だったんだ」

「親父の友人にどんな事情があったのか俺は知らないしな。俺でも手を貸すようなやばい状況だったかも、と今は思うこともできる。たとえ騙されていたとしても騙すやつが悪いのもわかってる。それでも、借金抱えたことは今もムカついてる」

なにも知らなかった。

今まで清晴は家族について一度も口にしなかった。清晴のことだから、誰にも言いたくないと隠していたのだろう。だからか、話をしてくれたことに、清晴に認められたような気がしてうれしく思う。

でも、これまでなにも知らず自分のことでいっぱいいっぱいだった奏は、清晴を何度も傷つけてきたのかもしれない。

黙っていると清晴の人差し指が伸びてきて、ごすっと奏の額に突き刺さった。

「つた！　なにすんのよ」

「奏は、俺がいなくなってもちゃんと生きろよ」

「なにそれ、健康診断でやばいものでも見つかったとか？」

「残念だったな、俺はオールAだ」

まるで大学受験の合格判定のように偉そうな顔をする。だったらそんな縁起でもないことは言わないでほしい。

清晴と話していると情緒が乱れるし自己嫌悪に陥ってなにもかもがいやになったり、気分が落ち込んだりすることが多い。けれど、清晴がいなかったら、今でも奏は家の中に閉じこもっていたかもしれない。同じようなことを何度も繰り返していた可能性もあり、想像するだけでぞっとした。

もし、清晴がいなくなったら、自分はどうするのだろうか。

今回のような状況のときに呼び出す相手がいなくなる。たとえ他にいたとしても、清晴ほど的確なド正論を遠慮なく言ってくれるひとではないだろう。

それは困るな、と素直に思う。胸に冷たい風が吹くのを感じる。

でも――なんとか踏ん張って生きていくような気がした。

今まで清晴を便利に使っていたことに驚き、なかなか逞しくなったものだと自画自賛する。そのくらい、奏は清晴に鍛えられた。

「清晴がいなくても、生きていけるっぽいよ、私」

「そう言われると、それはそれでさびしいもんだな」

「そんなこと思ってないくせに」

「嘘じゃねえよ。このままずるずる続くのも悪くないかもな、とは思ってたし」

へえ、と間抜けな返事をしつつ、ビールを一口飲む。

今の発言は、どういう意味だろうか。

今日の清晴は、なんだか言葉の端々に、らしくないものがまじっている。まさか清晴が自分との関係をそんなふうに思っていたとは。

なんだか胸がくすぐったくなる。

清晴は四年間、後味が悪いから、と言ってずっと奏のそばにいた。奏が拒否しても、図々しく偉そうに振るまって、奏の生活に土足で踏み込んできて、無理やり外に連れ出した。さっさと前向け、そしたら俺も面倒ごとから解放されるんだと、口癖のように言っていた。

その言葉は、決して嘘じゃなかったと思う。

ふと、自分が清晴のさっきの言葉に深い意味を見出そうとしていることに気づく。清晴の言うように、奏はすぐに意味や理由を探してしまうらしい。

清晴には彼女がいる。だから、深い意味はない。自意識過剰になっていた自分に気づいて羞恥で耳が熱くなってしまう。ちょっとやさしい言葉をかけられただけでチョロすぎる。相手は清晴だというのに。

「ひとりで、生きろよ」

清晴は〝ひとり〟を強調して言った。

「わかってる」

そばに誰かがいなくちゃいけないわけじゃない。琉生のことも、心配しているだけだ。冷静に話ができなかったから、お互いに衝動的すぎたから、こうして尾を引いてしまっているだけだ。

だから、琉生がいなくなってから感じているさびしさは、そのうちきっと、消えてなくなるだろう。存在していた、かもしれない淡い彼への恋情も。


清晴と別れて電車に乗り込み、家の最寄り駅に着いたのは十一時前。平日にしてはかなり遅い時間だ。清晴のペースに巻き込まれて奏も普段より多めのアルコールを摂取してしまい、明日の出勤がすでに憂鬱だ。

地下鉄の階段を上り外に出て傘を広げる。夕方から降り出した雨はまだ止む気配がない。雨に加えてぴうっと空気を切り裂くような風が吹き、あまりの冷たさに、酔いが少し醒める。くしゅっと小さなくしゃみをして洟をすすると、心なしか雪の匂いがした。今降っている雨はそのうち雪になるのかもしれない、と考えたけれど、滅多に雪が降らない土地なので気のせいだろう。

とにかく早く帰ろうと足早にマンションに向かった。十一時近いとはいえ、大通りはたくさんの車と人が行き交っている。夜中でも外を出歩けるくらい安心な場所だけれど、以前酔っていたひとに絡まれてからはそわそわとまわりを見回し警戒しながら歩くようになった。

あの日、公園で琉生と出会えなければ、どうなっていたのだろう。

公園に入り琉生が寝ていたベンチに向かい、誰もいないそこに手を伸ばす。降りしきる雨の中、ベンチに人などいるわけがないのに。まわりを見渡しても、自分以外の人影は見えない。

この空の下で、彼が小さくうずくまっている姿が脳裏に浮かぶ。

今この瞬間、彼はどこかでカチカチと歯を鳴らして震えているかもしれない。

「あたたかい場所に、いてくれますように」

神さまに祈るみたいな、切ない声がこぼれて目をつむる。瞼の裏に穏やかに過ごしている彼をイメージすると、ほんの少しだけ切なさが胸に広がった。

自分ではない誰かのそばで、自分と過ごしたときのような日々を過ごしているかもしれない。あのやさしさと笑顔を、自分ではない誰かに向けているのかもしれない。

ぺちんと両手で自分の頬を軽く叩く。

「さっさと帰って、さっさと寝よう」

バカなことを考えていないで。

お酒を飲んでいるので湯船に浸《つ》かるのはやめて、軽くシャワーを浴び、布団に潜り、心地よい音楽を聴きながら眠りにつこう。

――琉生がいなくても、あの家で自分は心地よく過ごさなければいけない。

家に誰もいないことに、さびしさを感じていてはいけないのだ。

背筋を伸ばして歩く。と、マンションの前で立っている人影に気づき足を止めた。雨を凌ごうとせずにじっと上を見上げている姿を異様に感じ、奏は電信柱の陰にそっと隠れる。

わざわざ道路の真ん中で傘も差さずに雨に打たれ続けているのは、どう考えてもおかしい。通報すべきだろうか。

しばらく考えてから、奏はゆっくりと再び歩きはじめた。怪しくなければそのままマンションに入り、危なそうなら素通りして警察に連絡しよう。

できるだけ気配を消して静かに歩こうとしたけれど、ピチャピチャと濡れた地面を踏む音は思ったよりも夜道に響いた。奏に気づいたのか、人影が振り返った。

エントランスから漏れている灯りと街灯で、そのひとの顔が浮かび上がる。

「……琉生、くん？」

声が震えてしまった。

彼は体をびくつかせてからバツが悪そうに一歩下がった。それ以上逃げなかったのは、見つかった手前今さらだと思ったからだろう。

しばらく、どちらも口を開かないまま見つめ合っていた。

けれど、雨脚は徐々に強まっていく。

「と、とりあえず、中に入ろうか」

マンションを指さして言うと、琉生はこくりと頷いた。

部屋に着くまで、琉生は一度も奏を見ず、奏も言葉をかけることができず、エレベーターの中は無言だった。静かすぎて、濡れそぼった琉生の服から、ぽたんぽたんと、水滴が床に落ちる音が響く。緊張がじわじわと増して、手先が震えるほど心臓がバクバクしていた。部屋の前に着いても、鍵をなかなか鍵穴に入れることができなかった。

「え、っと、タオル取ってくるから待ってて」

奏は玄関に琉生を残して脱衣所にタオルを取りに行く。それを手渡すと、琉生は簡単に髪とリュックとジャケットの水気を拭き取って、お邪魔します、とおずおずと家に上がった。最初に来たときは、笑顔で躊躇なく家に入ったのに。

琉生が出て行ってから三日しか経っていない部屋は、それほど汚れてはいない。シンクに昨晩と今朝使ったコップがそのままになっているくらいだ。それを琉生に見つからないように、あたたかいお茶の準備をはじめる。電気ケトルのスイッチを入れて、マグカップに緑茶の粉末を入れた。

ちらりと、琉生の様子を見る。ジャケットを脱いだ琉生は、デニムパンツとトレーナーを着ていた。家を出て行ったときはスウェット姿だったので、どこかで着替えていたようだ。ということは、別の家を見つけたのだろう。琉生は、まだ服が濡れているからかソファに座るのを躊躇しているらしく、リビングに突っ立って佇んでいる。すぐに出ていくつもりだからかもしれない。

「琉生くん、荷物取りに来たの？」

背中を向けている琉生に訊ねる。返事は返ってこなかった。

「お腹は？　すいてない？」

琉生は答えるかわりに、首を左右に振った。お茶を入れてマグカップをひとつずつテーブルに運びながらそっと彼の顔に視線を向けると、琉生は眉を下げて歯を食いしばっていた。

「座って。体冷えてるでしょ、お茶飲んで」

ソファに座り琉生を見上げると、やっと彼と目が合う。ほら、ともう一度座るように言うと、琉生はそろりと奏のとなりに腰を下ろした。

今どうしているのか、住む場所はあるのか。確かめたいのに口にすることができない。荷物を引き取りに来たわけではない、ということは、まだ家がない状態なのだろう。彼の口からそれを聞いたとき、奏は彼から手を放すことができるのだろうか。

琉生はぎゅっと奥歯を噛んでいた。

「琉生くん、そんな顔、しないで」

歯を食いしばっている琉生にそっと手を伸ばして頬に触れる。まだ湿っている肌は、ぺったりと吸いついてくる。

「奏さんこそ」

彼はそう言って奏と同じように奏の頬に手を伸ばし、そっと撫でて「おれのせいだよね」と泣きそうな顔で笑った。縋りつかれているみたいに思えて、胸がきゅうっと締めつけられる。なにかを言わなければいけないのに、喉が萎んで声がでない。

——愛おしい。

琉生に抱いている感情の名前に、また胸が痛んだ。同時に、この感情が自分にとってどれほど危険なものなのかもわかる。

「ストーカーみたいなことして、ごめん」

なんのことかわからず「え」と首を傾ける。

「実は毎日、来てた」

「あ、そうだったの……？」

鍵があるのだから、中に入って荷物を持っていけばよかったのに。夜なら奏は家にいたのだからチャイムを鳴らしたってよかった。

もしも、清晴とご飯を食べに行って帰宅が遅くならなければ、彼は今もじっとマンションの前に立ちすくんでいたのだろうか。今までも今日も、一体どのくらいのあいだ、外で過ごしていたのか。

「まさか、ずっと公園で寝てたの？」

「いや、また風邪引いたら迷惑かけるから、友だちの家を転々と」

「そっか、ならよかった」

友だち。彼女ではなく、友だち。その言葉に安堵している自分にはっとする。なにを考えているのかと自分を叱咤して、友だちだからと言って男とは限らないじゃないかと自分に突っ込むと、今度はずしりとお腹のあたりが重くなった。

「奏さんはちゃんと生活してた？」

「も、もちろん。それなりに」

「なら、いいけど」

しどろもどろの返事に、琉生はちらりと洗い物が残されているシンクを見て、にっこりと微笑んできた。コップがいくつかあるだけじゃないかと反論したい気持ちをぐっとこらえる。もごもごしていると、琉生が真剣な眼差《まなざ》しで奏を直視する。ふわりと揺れる彼の髪の毛が今日は貼りついていて、それが、まるで今までの琉生とは別人のように思えてしまう。

琉生はしばらく奏を見つめ、そして我慢できなくなったかのように唇を震わせながら声を発した。

「やっぱり、おれ……奏さんと一緒にいたい」

心臓が絞りあげられて、痛くて苦しくて、息ができなくなる。

――『奏と一緒にいたいよ、オレは』

蒼斗と、琉生が、重なる。

「笑ってよ、奏さん」

琉生が言う。

「おれ、笑ってる奏さんが好きなんだ」

そんなに彼の前で笑っていただろうか。でも、悪い気はしない。

つい、ふ、と笑みをこぼすと、安堵したように琉生の表情が緩む。

「おれ、奏さんも、おれのこと好きだと思うんだけど」

「それは……すごい台詞だね」

「こういう勘は鋭いほうなんだ」

へへへ、と褒められたことがうれしいのか、琉生は目尻にシワを刻んだ。

「琉生くんは、私のこと好きなの？」

「はい」

「……なんで？」

喫茶店のアルバイトと客の関係だったとはいえ、ちゃんと話をするようになったのは家に招いてからの短いあいだだ。

「ちょっとやさしくされたから、勘違いしてるだけなんじゃやない？」

生まれたばかりの雛が、最初に見た相手を親だと思い込むようなものなのでは。それは、ただの刷り込みだ。愛情に結びつけるのは危険だと思う。

向けられる琉生の視線に落ち着かなくなって、奏は足先をもじもじと動かした。窓に雨の雫が当たる音がかすかに聞こえてくる。どうやら雨は本格的に降りだしているらしい。

「そうかもしれません」

琉生がぽつりと呟いた。

「でも、それが好きじゃないことには、ならないと思います」

力強い口調と眼差しではっきりと口にされて、体がびくつく。

「奏さんの家を出て、前以上に奏さんのそばにいたいって思ったんです。奏さんの生活の一部になりたいんです。他の場所じゃ満足できないんです」

重すぎる。奏を好きな理由もわからないのに、その先の気持ちが重すぎて、どう返事をすればいいのかわからない。

「奏さんのそばじゃないと、足りてない感じがするんです」

あまりにもストレートな告白に茫然としていると、彼の手が奏の左手を取り、そっと指先を撫でる。人差し指から順番に、薬指まで。そして、なくなった小指の根元に触れると目尻を下げた。

「おれは、奏さんになにがあったか知りません。でも、おれは奏さんのこの傷を埋めてあげたいって思うんです」

不思議なことを言う。

奏は小首を傾げて自分の手を見た。もう奏にとっては当たり前になった四本しか指のない左手だ。仕事でキーボードを打つこともできるし、右利きなので食事も字を書くのも、問題ない。もう痛みはまったくないし、生活にだって支障はない。ただ、左手の握力が弱いだけだ。小指がないだけ。見えないだけ。

琉生に同情されているのだろうか。哀れまれているのだろうか。

なにか言わなくては、と思うのに言葉が浮かばず、口をはくはくと開閉させることしかできなかった。その様子に、琉生は口の端を緩く引き上げる。けれど眉間にはシワを刻んでいた。

「困らせて、すみません」

琉生はするりと、すくった砂を滑り落とすように奏の手をはなし頭を下げた。彼はなにに対して奏が困っていると思っているのだろう。奏さえもわかっていないのに。

「じゃ、荷物まとめますね！」

弾かれたように顔を上げた琉生は、ついさっきまでの複雑な表情を消して、軽い笑みを顔に貼りつけていた。湿っぽい空気を洗い流すような明るい声が部屋に響く。

ぽかんとしている奏を置いて琉生は立ち上がり、残っていたわずかな荷物をあっという間にリュックに詰め込んだ。来たときよりも多少ものが増えたのか、パンパンになっている。

よいしょ、とそれを背負ってから、琉生は「あ」となにかに気づいて振り返った。

「これ、鍵返します」

掌に、琉生に渡していた合鍵がのせられる。キーホルダーのかわりに革紐《かわひも》が結ばれていて、それは、自分の家の鍵ではないように見えた。この鍵はもう、琉生のものだ。

「じゃあ。ちゃんと朝食べたほうがいいですよ」

「起きられたら考えるよ」

「洗い物は放置したら洗うの大変になりますよ」

「水に浸けておくようにする」

「冷凍食品やレトルトだけじゃなくて野菜も食べてくださいね」

「……まあ、できれば」

「はは、全然前向きじゃないっすね！」

まるで母親のような口うるささだ。奏の母親は料理をしなかったので、こんなことを言われたことはないけれど。

　玄関で靴を履いた琉生は、最後に深々と奏にお辞儀をした。

「ありがとうございました」

「傘、持って行っていいよ」

「助かります！　でも、返す方法が」

「ビニール傘くらいあげるよ」

　琉生は、少しだけさびしそうに眉を下げてから「じゃ、お言葉に甘えて」と傘を手に取る。そして、ドアを開けると躊躇いもなく出ていった。すいっと冷たい空気と雨音が奏のそばを通り過ぎて、ドアが閉まる。

　訪れた静寂の中で、奏はもう二度と琉生と会わないだろうという予感を抱いた。琉生はきっと、アルバイトをやめてしまうだろう。奏が気まずい思いをしないように、気兼ねなくあの店に行けるように、姿を消すに違いない。

　これが自分の望んだものだったのかと自分に問いかける。

　部屋の中に戻れば、今までの日常が戻ってくる。大きな不満もなく、悲しみも苦しさもない、穏やかな日々。それは、裏を返せば喜びも充実感もない、退屈な日々でもあったのかもしれない。そう思うのは、琉生に出会って一緒の時間を過ごしてしまったせいだ。

足がそこに縫いつけられたように、前にも後ろにも動けない。心よりも体のほうが正直なのかもしれない。

「どうしたいの、私は」

傷つけたくない。傷つきたくない。思い出したくない。

それでも、幸せになりたかった。満たされたかった。安心したかった。

一緒にいたいと思うひとのそばで。

求めてくれるひとのそばで。

自分でないといけないのだと思わせてくれるひとのとなりで。

それはかつて蒼斗に抱いたものだ。そして、今は、琉生に対して抱いている。

ひとりで生きろ、と今まで何度も清晴に言われた。四年間、奏はひとりで生きてきた。

けれど、ずっとひとりで生きているフリをしていただけだった。

「──っもう!」

自分に苛立ち頭を振って、降参する。

認めるしかない。自分の気持ちを受けいれるしかない。背中を押されたように前に踏み出し、スニーカーを引っかけ外に飛び出した。なにも羽織っていないため、極寒の地に放り出されたように体が急速に冷えていく。

今ならまだ近くにいるはずだ。

急いでエレベーターに向かい、到着したそれにすぐ乗り込む。一階について開きかけたドアの隙間から素早く降り、エントランスの自動ドアをくぐった。さっきよりも雨は激しさを増していて、一歩外に出るだけで全身が濡れて視界が霞む。それでも、雨の中を進む。

公園に入り必死に目をこらすと、公園を出ようとしている人影を見つけた。大きなリュックがゆさゆさと揺れている。

「琉生くん!」

大声で呼びかける。けれど、彼は立ち止まらない。雨のせいで声が届いていないのだろうか。ぬかるんでいる地面を蹴って彼のあとを追いかける。

「琉生くん!」

さっきよりも距離が近づいたからか、声に気づいたらしい彼が道路の真ん中で足を止める。そしてゆっくりと振り返ったのがわかった。

――どこかからのあかりが彼を灯したから。

街灯よりもぐんっと眩《まぶ》しい光が彼を包み、不穏な音が雨にまじって聞こえた。

そして、彼の右側から一台の原付バイクが滑るようにやってきた。

女の人らしき叫び声が遠くから聞こえて、迫ってきた光に呑み込まれるかのように、彼の体が消えた。

一瞬の出来事に、視界が弾けたような感覚に襲われる。

体が動くのをやめて、その場で立ち尽くす。瞬きをすることもできなかった。

今さら痛むはずのない小指に激痛が走り、全身が異様なほどに震える。

——私のせいだ。

誰か、誰か。

琉生を助けなければ。動けない自分のかわりに、誰かに。

脳裏に浮かんだのは、四年前、奏の病室にやってきた清晴だった。

「きよ、はる」

名前を呟き、ポケットに入れたままのはずのスマホを探す。それを取り出し、震える両手でしっかりと摑んで操作をする。自分以外誰も動いていないのではないかと思うほど、世界が静かだった。視界にはスマホ以外なにも入らない。

清晴。清晴。

何度も名前を呼びながら清晴への通話ボタンを押す。

「どうした」

数回目のコールで清晴の声がした。

「きよは、る。た、すけて、琉生くんを、助けて！」

「は？」

こちらの事情がわかっていない清晴は怪訝な声を返す。けれど、奏は電話の向こうにいる清晴に呼びかけることに必死だった。

「琉生くんが！　私のせいだ！　私が！」

「おい、おちつけ、奏、なにがあった」

「また、また私が」

どうしてこんなことになっているのかわからない。

彼が血を流して倒れている姿を想像するだけで血の気が引いて息ができなくなる。

涙のせいか、雨のせいか、視界が歪んでいく。

「琉生くんが、倒れて、雨で、バイクが」

「今どこだ」

「家の前、前で、琉生くんが、雨が降ってるから、琉生くんが」

説明になっていない言葉を繰り返していると、清晴は「わかった」と電話を切った。

返答がなくなると恐怖に体が覆われる。心臓が早鐘を打っている。寒さを感じないのに、体が震えて止まらない。

「奏さん」

じゃり、と雨の音と一緒に誰かが近づいてくる気配がした。

「泣いてるんですか？」

顔を上げると、泥だらけになっている琉生が驚いた顔をして奏を見下ろしている。

体中から力が抜けて、へろへろと濡れた地面に崩れ落ちる。

「奏さん？」

慌てた様子で琉生がしゃがみ込み、奏と視線を合わせる。「どうしたんですか」と頬に触れてきたその手は、冷たいのにあたたかかった。

「……ケガ、は？　事故は？」

「え？　ああ、なんか犬を散歩させているひとに気づかなかった原チャリが慌ててブレーキかけてこけてましたね」

「ちがう、琉生くん、は」

手を伸ばして彼の体にぺとぺとと触れる。

「おれはびっくりして避《よ》けようとして溝にハマってこけただけです。ちょっと掌擦ったくらいで、なんのケガもないっすよ」

ほんとに？　ほんとう？

小さな声で何度も何度も琉生に確認をする。大丈夫っす、と目の前で琉生が笑ってくれるのに、奏の気持ちは乱れたままだった。

「私が、琉生くんを引き留めたから。やっぱり、私が、私は」

「奏さん？」

ごめんなさい、ごめんなさい。

無意識に左手の小指の付け根を、右手で力一杯押さえつけながら、奏は何度も頭を下げた。

奏が謝っている相手は、琉生なのか。

もしくは——夢を語ったかつての恋人なのか。

◇◆◇

奏と蒼斗の出会いは、大学一年の春のことだ。

かなりの広さがあるうえに生徒数も多いため、同じ学科でも学部が違えば、話すきっかけなどないに等しかった。ましてや音楽学科と美術学科ならなおさらで、普通ならふたりに接点はできないはずだった。けれど。

「あ」

はじめての心理学の授業で、奏は清晴の姿を見つけた。大学が同じなのは知っていたけれど、学部は別だから会うことはないと思っていた。まさか同じ教養科目を選択しているとは。予想外のことについ声を出してしまい、それに気づいた清晴が不満そうな視線を向ける。

「あれ？　ふたり、知り合い？」

そのとき、ふたりの様子に気づいて奏に話しかけてきたのが、清晴のとなりに座っていた蒼斗だった。

垂れた目元のせいか、もしくは目の細さのせいか、常に刻まれている目尻のシワのせいか、奏は直感でやさしいひとだろう、と思った。あたたかみのある声は、彼の懐の深さをあらわしているようで、背が高いのに威圧感のない細身の体は守ってあげたくなるような繊細さがあった。

「べつに、同じ高校ってだけ」

ぼーっとする奏のかわりに、清晴が冷たい声で答えた。まったくもってそのとおりなので、奏も「あ、うん、そうそう！」とこくこくと頷く。へえ、と蒼斗は奏と清晴の顔を交互に見てからにこっと目を細める。

「清晴の友だちなら、オレとも友だちだな」

「……あ、うん、まあ、そうなるのかな?」

「ならねえだろ。こいつと俺は友だちじゃないし」

きっぱりと否定する清晴に、蒼斗は目を瞬かせた。奏も清晴を友人だとは思っていないが、相手を目の前にして拒絶するような言い方をしなくてもいいのに。嫌いな自分と親しいと思われたくないのはわかるけれど。

「そういうこと言うなよ。今からでも友だちになればいいだけだろ」

蒼斗は苦笑して清晴に言った。なあ、と同意を求められて、いやべつに、とは返事ができず曖昧に笑っていると、清晴は「なんでだよ」と不満げな顔をする。

「清晴のこういうところどうかと思うよなあ」

「あ、あー……ねえ」

やんわりと同意する。が、本音は力強く頷きたい。それができなかったのは、蒼斗が清晴の友だちだからだ。そんな奏を見て、清晴は「はっきり言えばいいじゃん、嫌いだって」と余計なことを言う。

相変わらずなひとだなあ、と思いつつ、蒼斗にとなりの席を勧められたので、断るわけにもいかず座った。そして、清晴の不機嫌な顔を無視して微妙な空気を感じながらも人懐っこい蒼斗と話をした。

少し話しただけで、彼は誰にでも好かれるひとだろうと思った。性格がまったく違うであろう清晴とどうして仲がいいのか不思議なほど、彼は素直で屈託がなかった。もっと不思議に思ったのは、高校時代、奏に冷たかった清晴が、蒼斗を交えてではあるが奏とも会話をしてくれたことだった。蒼斗から醸し出される朗らかな雰囲気のおかげだろうか。

その後、毎週、授業で顔を合わせるたびに蒼斗は奏に話しかけて来た。清晴がいるときもあればいないときもあり、ときどき、授業後には大学内の喫茶店で一緒に時間を潰した。そしてそれは、後期に入った頃にはいつものことになっていた。

週に一度か二度しか顔を合わせない相手なのに、同じ音楽学科の友人よりも蒼斗と過ごす時間は楽しかった。清晴がいるとムッとすることも多かったけれど、蒼斗がそばで奏と清晴の言い合いをケラケラと笑って見ていたので、いつの間にか清晴に対しての苦手意識は薄れ、言いたいことを言えるようになった。

蒼斗がそばにいると、場の空気がやわらかく感じる。彼はそういうひとだった。

でもやっぱり、蒼斗と清晴の関係は不思議だった。

「なんで蒼斗は清晴といつも一緒にいるの?」

清晴が授業をサボった日、蒼斗とふたりで授業後のカフェタイムを過ごしているときに訊ねた。蒼斗は、課題のプレゼン資料を作るためにスケッチブックを広げ、奏と他愛ない会話をしながらなにかを思いついたとき、ペンを走らせる。

蒼斗の正面に座ると、奏はいつも彼の手先を見てしまう。左利きの彼は、他のひとよりも手先がきれいに見える。左手がこんなにも器用に動くのかと、惹きつけられて目をそらせなくなる。

奏の質問に、蒼斗はその手をピタリと止めて、「なに急に」と笑って首を捻った。

「たしかになんでだろ」

「ふたりって友だちっていうか、親友じゃん」

校内にいるあいだ、蒼斗と清晴はほとんど一緒にいる。それに、お互いに相手に気を許しているのは見ていて明らかなほどふたりの仲はいい。はじめのうちは物言いのキツい清晴に蒼斗がやさしく接しているのかと思っていたけれど、実際は、大抵清晴が文句を言いつつも結局蒼斗に歩み寄っている。お昼をどこで食べるか、とか、どこに遊びに行くか、とか。

「奏も清晴と仲いいじゃん」

「蒼斗がいなかったら話してないよ、絶対」

高校時代に比べれば名前で呼び合うくらい仲良くなったとはいえ、それは、蒼斗がいたからだと言い切れる。今も、清晴とふたりきりでは滅多に話をしないし、連絡先だって知らない。

「清晴の歯に衣着せぬ感じが、オレは好きなんだよなあ」

「まあ、裏表なさそうではあるよね」

「正直に言いにくいことも言ってくれるだろ。もしくは態度で示してくれる。やさしいよな、清晴は」

奏にとっては清晴のいやな部分だ。苦手意識はもうないが、それとこれとは別だ。清晴と話をするようになってわかったのは、彼はとことん他人に興味がなく、だからこそ、自分の意見を押しつけるつもりがないということだ。ただ、言い方が素っ気なく気遣いに欠けるので、とにかく常に攻撃的に聞こえる。

蒼斗は好意的に清晴を見過ぎなのでは。

そうだねえ……と曖昧な返事をしながらアイスティに口をつける。

清晴とはタイプが違うが、蒼斗も正直だと奏は思う。うれしいときも悲しいときも、彼はとてもわかりやすいし、言葉にもする。上辺だけの言葉を口にすることもない。

けれど、清晴はまわりからどう思われるかまったく気にしないのに対して、蒼斗は、相手に対してかなり神経を使っている印象がある。そんな蒼斗の繊細な気遣いは、不安定でさびしがり屋のようにも感じられた。

そういう面で、やっぱりふたりは真逆だと思う。

「オレ、清晴に憧れてるんだよ。性格はもちろん生き方にも」

蒼斗は顔に憂いを浮かべて言った。

「オレと清晴はともかく、奏と清晴はなんでケンカばっかりなの」

「なんでだろうね。前世でなにか因縁の関係だったとしか思えない」

「はは、たしかに。奏はひとにやさしいから、淡泊すぎる清晴の気持ちが理解できないんじゃやない？　清晴も奏のことを理解不能だと思ってるかも」

そうかも、と呟いて頷いた。

「奏は本当に、やさしいよね。電車で席を譲ったり、ボランティアもやったり、気分が悪そうなひとには自分から声をかけたり。ひとを見守ってる感じ」

「大げさだよ。そういうふうに親に言われてたから、染みついてるだけ」

なんでもないことのように言いつつ、蒼斗にやさしいと言われると悪い気はしなかった。むしろ、誇らしくさえある。

昔から奏は困っているひとを見かけたら躊躇せずに手を差し伸べる。染みついている、と言ったのは謙遜でもなんでもなく、事実だった。考えるよりも先に体が動くのだ。

奏の両親は忙しかったので家にいることが少なかったけれど、夫婦仲は良好でふたりは奏にもたっぷりと愛情を注いでくれた。どれだけ忙しくても、できる限り奏の授業参観や三者面談、体育祭などには出席してくれたし、誕生日やクリスマスは毎年一緒に過ごしてくれた。

愛情があったからこそ、両親は家にひとりきりになる奏に対して罪悪感があったらしい。お菓子もおもちゃもゲームもマンガも奏が欲しいものはなんだって与えてくれた。奏に甘く、両親から叱られた記憶はひとつもない。

そんなふたりが、口が酸っぱくなるほど奏に伝えてきたのは、

――『ひとを助けられる人間になりなさい』

ということだけだった。

元々両親は、慈善事業に精力的に取り組み、様々な団体にも寄付をしていた。奏にも同じような気持ちを持っていてほしかったのだろう。

――『お金があっても、心が貧しいひとになってはいけない』

自分の損得は考えずに、ひとに差し出すことができるようにと、幼い頃から何度も

言われてきたことが、奏の胸にしっかりと刻まれている。

「自分の行動をよく思わないひとは清晴以外にもいるって、わかってるんだけどね」

八方美人だとか、偉そうだとか、媚を売っていると言われたことは数え切れない。多少悩んだこともあるけれど、そんなつもりはないのに悪く言われるのが納得いかず、そのうち気にしなくなった。むしろ前より一層ひとにやさしくしようとしている。なにを言われても、自分をかえるものか、と。

「オレは好きだけどなあ、奏のやさしさ。なんか、すごくほっとする」

蒼斗の口から出てきた〝好き〟という単語に、心臓が跳ねる。

たいした意味なんてないとわかっているのに反応してしまい、視線が泳ぎそわそわと体が動く。必死に平静を装おうとしたけれど、蒼斗の目にはすごく挙動不審に映っているだろう。

「よく思わないひとは、奏が眩しすぎて直視できないんじゃないかな。ほら、清晴はきれいごとが嫌いなひねくれものだし」

「それ清晴に言ったらすっごい睨まれそう」

たしかに、と蒼斗がクスクスと笑った。清晴がそばにいたら、きっとゴミを見るような目を奏と蒼斗に向けるはずだ。でも、否定はしない気がする。

「オレ、清晴のあのやましいことがなにもないような強さが羨ましいんだよな」

「やましいことがないことと強さって関係してるの？」

「清晴って後ろめたさがないじゃん。ひとにバレて恥ずかしいこととか、隠し事とか、弱みとかがないっていうか。それって強みだと思う」

「それはまあ、そうかも」

他人を気にしないで自分らしくいられるのはたしかに強さだろう。誰にでもできるようなことじゃない。

「ま、清晴は単純に一緒にいて楽しいよ」

「……ふうん」

「オレにない毒舌とか、普通なら躊躇するような文句も言うから笑う」

ぶふふ、と蒼斗が噴き出した。

そして「誰もがいやだな、って思うことを、清晴は隠さないんだよ」とつけ足した。

――その笑みは、慈愛に満ちて見えた。

蒼斗には清廉潔白という言葉がよく似合う。清らかな雰囲気にときおりふっと落ちる陰りがまじって、一瞬で消え去りそうな儚さを纏う、純麗な存在のように感じる。

奏のみぞおちあたりが、むず痒《がゆ》くなった。

振り返れば、あのときすでに、奏は蒼斗に惹かれていたのだろう。

二年生になると、奏は蒼斗と清晴と同じ授業はなくなった。清晴とはまだ連絡先の交換をしていなかったけれど、蒼斗とは毎日のようにメッセージのやり取りをするようになり、学校で待ち合わせをして一緒にお昼を食べたり休憩時間を過ごしたりと、以前よりもふたりと――特に蒼斗とは――顔を合わせることは多くなった。

「二年になったら真面目に授業に出ようと思ってたのに、五月の連休過ぎるとやる気がなくなるよなあ」

一限目の授業に遅刻したらしい清晴がため息交じりに言った。目の前の冷やしうどんをすすりながら、来年も同じことを言いそうだと奏は思う。清晴のとなりにいる蒼斗は「去年も同じこと言ってたな」とクスクスと笑う。

「一限目とか選択したのが間違ってるんだよ。オレは無理じゃないかって言ったのに」

「うるせえな、できると思ったんだよ。毎日学校来るのもめんどくせえから一日に詰め込んだほうが楽じゃねえか」

くそ、と舌打ちをして清晴が背もたれに体重をかける。清晴らしい選択だ。できていないところも含めて。

「じゃあ、独り暮らしがダメなんじゃない？」

奏の台詞に清晴は「つまらない冗談言うな」と顔をしかめた。つまらない冗談を言った覚えはない。そもそも清晴はなんで実家を出て独り暮らしをしているのか。同じ高校だったので、清晴と奏の実家は電車で数駅の距離しか離れていない。空いた時間でバイトばかりするくらいなら実家通いをしたほうが絶対いいと思う。経済的なのはもちろん家事をしなくていいのだ。片道一時間半かかるので、便利ではないだろうけれど。

「そういえば、蒼斗は独り暮らししないの？」

蒼斗も奏と同じ実家通いで、片道二時間ほどかかるのだと前に言っていた。真面目な蒼斗はほぼ毎日学校に通っているし、なぜか学校の近くでバイトもしている。清晴よりも蒼斗のほうが独り暮らしするべきなのでは。

「したいけど……オレは無理かなぁ」

「母親がちょっと特殊だから無理だろな、蒼斗は」

歪な笑みを浮かべる蒼斗に清晴が同意した。特殊とは、と首を傾げると清晴は「過干渉ってやつだよ」と答える。

「過干渉って？」

「干渉が過ぎるってことだよ。俺と遊ぶだけでこないだめっちゃ電話かかってきてた」

干渉は確かにあまりよくないけれど、それが特殊と呼ばれるほどなのだろうか。どちらかというと放任主義の両親だった奏はいまいちピンとこない。

「用事があったとか？　なにか心配事があったの？」

「そんなんじゃないよ。ただ、ふとオレのことを思いだして、自分の知らないところにいるのが無性に気に入らなかっただけなんじゃないかな」

奏の頭にたくさんのクエスチョンマークが浮かぶ。どこに気に入らない要素があったのか、皆目見当がつかない。

「母親は、オレの全てを把握しておかないと気が済まないんだよ。友人関係も、バイト先も、恋人も。自分の知らないところでオレが楽しむのも面白くないんだ」

気分にもよるけどね、と蒼斗は肩をすくめた。

「オレは母親にとっての所有物だから、勝手なことはできないんだよ」

え、と奏は空気を吐き出すように声を出す。

所有物。

なぜそんなふうに思うのか。信じられない言葉に、戸惑って清晴を見てしまう。清晴は「おかしいよな」と呆れていたので、自分の感覚が間違っているわけではないのだとほっとした。

蒼斗の説明では、服はいつも母親の買ったもので、自分で買うと「どうして勝手に買うの」「お母さんの服が気に入らないの」と泣きわめく。小学校時代から、仲良くなる子は母親が選んでいて、そのほかの友人、特に女子とは遊ぶのを禁止されていたそうだ。高校進学も、蒼斗に選択権はなかったのだと言った。父親は無関心で、数年前から滅多に家に帰ってこなくなったらしい。

「大学受験はほんっと、大変だったなあ」

ははは、と蒼斗が遠い目をして呟く。

高校時代、蒼斗は優秀な成績だったらしく、芸術系の大学に進学したいと言うと母親はヒステリックになって反対したらしい。それまでなら母親の言うことをきいていたけれど、将来のことなので蒼斗は必死に説得を続け、実家から通うことでなんとか承諾してもらえたのだと言った。大学に進学し半ば強引にはじめたアルバイト先にはたいした用事もないのによく電話をかけてくるらしく、困っているのだとも。

「お風呂に入っているときにスマホを見られることは日常茶飯事だしね。知らない名前があればすぐに誰かと訊かれるよ」

奏はひえ、と小さな悲鳴を漏らす。清晴はうわ、と渋い顔をした。

「奏とのメッセージも見られたよ」

「えっ、だ、大丈夫だった？」

「大丈夫大丈夫。面倒になりそうなのは削除してるし」

よかった。けれど、そんなことまで気を遣わないといけないなんて、奏には想像もできない気苦労があるのだろう。もしかして、ほぼ毎日学校に来なくちゃいけないように授業を選択したのは、バイト先が大学に近いのは、家から離れたいからなのかもしれない。

これまでの彼の日々で、なにも考えず好きなことを好きなようにできた時間は、どのくらいあるのだろうか。

母親のことを話す蒼斗の表情には疲労が透けて見えていた。常に神経を張り巡らして過ごしているのかと思うと、彼を抱きしめて少しでも安心して過ごしてと願いたくなる。

「清晴の友だちって言えばなんとかなるから、昔より楽だよな」

「俺の名前使うなよ。それに俺は蒼斗の母親に好かれてねえから意味ねえじゃん。一度会ったときめっちゃ睨まれたんだから」

「……なにしたの、清晴」

ふたりの会話からなんらかの事件があったのだろうと訊くと、清晴は「なにもしてねえよ」と答えた。いや、絶対なんかしたでしょう、と疑いの眼差しを向けると、「清晴と一緒にいるときに終電逃しちゃって母親が怒って電話をかけてきたんだよ。そのときに清晴がオレの電話を奪って『なにそんな怒ってんの。どうしてほしくて怒ってんの？』って言ったんだよ」

と蒼斗が笑いをかみ殺して教えてくれた。

清晴らしい発言だ。おそらく〝いくら怒ったってなにもかわらないのに〟ということなのだろう。そのとおりなのだけれど、それを口にできるひとはなかなかいない。

「ああ、あれか。あのとき電話の向こうでめっちゃ切れてたな、蒼斗のおかん」

ケラケラと、当時のことを思いだしたのか清晴が笑う。清晴は本気で嫌われている原因をわかっていなかったようだ。

「あの子はなんなの！　って、帰ったあと散々文句を言われたよ」

「知らないガキに電話越しに偉そうにされたらそりゃムカつくだろうな」

わりいわりい、と清晴は蒼斗の肩をぽんぽんっと軽く叩く。ちっとも悪いと思っていない軽い謝罪に、蒼斗は苦笑する。

「突然家に泊まるとか言いだしたこともあったしね」

「玄関ですげえ顔してたよな」

「よっぽどびっくりしたのか、あれから清晴の名前を出すと渋々だけど仕方ないなっていう空気になるんだよ。さすが清晴だな」

「マジかよ。やっぱり変な親だな」

はっきりと言う清晴に、蒼斗は「ははっ、たしかに」と朗らかに目を細めた。

「でも、清晴も変だよ。変な親だって知っていてもオレと仲良くしてくれるんだから」

「……そんなの当たり前じゃん！　関係ないでしょ、蒼斗とお母さんは」

清晴が答える前に、反射的に奏は力強く言った。蒼斗は驚いたように目を大きく開けて奏を凝視する。そして、

「奏も？　オレといるといやなことあるかもよ？」

と不安そうに微笑んだ。

その表情を見るだけで、苦しくて顔が歪んでしまう。今までおそらく何度も友だちに去っていかれたことがあるのだとわかる。それでも、いや、だからこそ。

「当たり前でしょ」

どんなことがあっても、蒼斗と友だちをやめるつもりはない。恋愛感情が含まれていても、想いは嘘偽りない本心だ。

「オレとつき合っても？」

「もち、ろ……ん。──え？　いや、ん？」

口角を上げて、首をこてんと横に倒した蒼斗が訊く。

自信満々に答えようとした言葉が喉に引っかかる。頭の中が真っ白になって、目の前に蒼斗がいて、視線をそらさず見つめられていることしかわからなかった。

「オレ、奏とつき合いたいんだよな」

脳内回路がどこかでショートしているのか、まったく頭がまわらない。ぱくぱくと口を動かす。自分がなにを言いたいのかもわからないのに。

「奏、オレとつき合って」

再度言われた言葉を脳内で繰り返し、やっと理解することができた。と、同時に顔がみるみる赤くなっていくのがわかった。耳まで熱くなり、なぜか瞳が潤む。

返事をしなければ、しなければ、と何度も頭の中で叫ぶ。

「わっ、私で、よければ？」

「ははっ、なんで疑問形なの」

「だって！　急に言うから！」

「おい、俺の目の前でやるな、よそでやれよ。居心地悪いだろ」

ぶははとお腹を抱えて笑う蒼斗と、赤面しながら蒼斗に文句を言う奏、そして冷めた表情でふたりを眺める清晴。

そんなちぐはぐな状況で、奏と蒼斗はつき合うことになった。


蒼斗の好きなところをあげるとすると、奏は難しいなといつも思う。

見た目の柔らかな雰囲気や心地のよい声など、わかりやすい部分はたくさんある。けれど、奏が最も惹かれたのは彼の内面から醸し出されるなにかだ。やさしげなのにかなしげな彼の視線とか、相手の様子をうかがう不安そうな笑みだとか、それでも相手を包み込む肯定的な言葉の選択とか。

そして、つき合ってから新たに増えた好きなところは、彼の体温だった。

蒼斗は奏と触れあうことが好きだった。ふたりで歩くときは必ず手を繋ぎ、そばにいるときは必ずどこかを密着させ、いつでもどこでも、奏のどこかに触れていた。

自分ではない体温がいつもすぐそばにあるのは、必要とされているような、縋られているような、求められているような、満たされた気持ちになる。なによりも、ひとりじゃないぬくもりが、幸せだった。

でも、奏が好きになった蒼斗のすべてが家庭環境によるものだと思うと、複雑でもある。

「……なんか、もどかしい」

両手で頬杖をつき、ふうーっとテーブルに向かってため息を吐く。蒼斗とつき合って二年が経つ頃には、奏は自分の無力さを痛感していた。

「あいつは洗脳されてるんだよ。まあ、仕方ないけど」

向かいに座っている清晴がスマホを見つめながら奏の独り言に返事をする。

清晴とは蒼斗とつき合いはじめてからもよくお昼や休憩を一緒に過ごしていた。今も、蒼斗が食堂にやってくるのをふたりで待っている。そのタイミングでしか、こんな話はできない。それをわかっているから、清晴は奏の短い言葉の意味を瞬時に理解したのだろう。

つき合う前に聞いていたイメージの数倍、蒼斗の母親は蒼斗に対しての執着が強く、蒼斗は母親をなるべく刺激しないよう、神経をとがらせて行動していた。

母親のせいでデートをドタキャンされたことも、一度や二度ではない。蒼斗が家に帰ってからは電話もメッセージもほとんどできないし、内容もかなり気をつけなければいけない。いつなんどき母親から電話がかかってくるかわからないため、スマホの電波の繋がらない場所——主に映画館——には出かけない。そして、蒼斗はいつも十一時には帰宅できるように九時頃には奏と別れた。

それが、奏のためだということはわかっている。母親につき合っていることがバレてしまったら自由な時間がなくなるかもしれないからだ。勝手にバイトを辞めさせられてGPSで監視されかねない。そうなれば今以上にふたりで会える機会が減ってしまう。いや、それどころか無理やり別れさせようとするかもしれない。

蒼斗の振る舞いに不満があるわけではない。奏はただ、蒼斗が疲れてしまわないだろうかと、心配でたまらないのだ。蒼斗がなにも気にせずに気兼ねなく過ごせる時間の短さを、どうにかできないものかと悩み、なにも思いつかないことに落ち込む。

奏は蒼斗の言動を受けいれて応援することしかできない。大丈夫だよ、気にしないで、わかってるよ。申し訳なさそうにする蒼斗に、これらの台詞を何度繰り返しただろうか。

「ああいうのって毒親って言うんでしょ……？　どうにもならないの？」

「母親がいなければ生きていけない幼少期からあんな母親と過ごしてきたから、今さら反抗しろってのも無理な話だろ」

大人に助けを、とか、まわりの大人が、とか第三者は簡単に口にする。けれど、それがどれほど難しいことなのかを、奏は思い知った。わかりやすく暴力を受けているとか、搾取されているとかであれば、まわりは気づきやすい。確固たる証拠があれば、より他人が介入しやすい。

けれど、過干渉はやさしさや心配という皮をかぶっていることが多く、そう簡単には判断できない。あなたのことが心配なの、どうして親の気持ちをわかってくれないの、という言葉そのものは、心配性なだけと思えなくもない。実際、奏もつき合ってすぐの頃はそう考えたこともある。

「ずっと、蒼斗に罪悪感を植えつけてきたんだろうね……」

愛情を押しつけ、背負わせているようだ、と奏は思う。奏が想像する以上に、蒼斗は家族に囚《とら》われているのだろうとも感じていた。それでもなんとか蒼斗は自分の時間を確保しようと試行錯誤をしている。そんな蒼斗を、奏はすごいと思うし応援したい。

でも、それはこの先も続くのだろうか。来年大学を卒業しても、かわらないのだろうか。一体いつまで、蒼斗は頑張り続けなければいけないのだろうか。

「親は本気で、蒼斗のためだと思ってるんだろうな」

「そんなことある？　蒼斗を縛りたいだけでしょ？」

「悪意がないことほど、面倒くさいもんはねえよ」

清晴は、ときどきなにもかもを知っているんじゃないかと思えるほど、奏の考えをぽんっと飛び越えて話をする。

「……清晴にも経験あるの？」

「俺は至ってふっつーだよ。っていうか、俺と話したってなんにもなんねえだろ。それより今後蒼斗とどうしていくか考えれば？」

「蒼斗っていうか、蒼斗のためのことを考えるべきでしょ」

奏の言葉に、清晴は冷たい視線を向けてくる。

「俺、自己犠牲の愛ってすげえ嫌い。ひとりでなんとかしようとしてるのってただの自己満足じゃね？　相手と話さないで、なんで勝手に相手の求めるものを考えて決めつけんの？」

「べつに、自己犠牲、とかじゃないけど」

「まあ、俺がそういうの嫌いなだけだからどうでもいいけど」

清晴ははっきりと言葉にして、突き放す。奏と話をする気はないとでも言いたげにすっくと立ち上がり「まあ、お似合いかもな」と素っ気なく言って奏に背を向けた。

「清晴？　どこ行くの……？」

「トイレ」

振り返りもせずに清晴は答えて去っていく。けれど、清晴はそのあと奏のもとに戻ってはこなかった。あからさまに清晴から嫌悪を向けられたのはわかった。ただ、その理由がよくわからない。相手と話さないことを清晴は非難していた。でも、清晴も同じだと思う。奏に重要なことをなにも伝えてくれない。清晴にとっても蒼斗は友人なのに、なんで奏の想いに寄り添ってくれないのか。

「どうしたの、奏」

むっつりとした表情で座っていると、突然目の前に蒼斗が現れ「わ！」と大げさな声を発してしまった。奏の慌てぶりに蒼斗は「そんなに驚く？」と目を丸くしながら向かいの席に座った。さっきまで清晴の座っていた場所だ。

「ぼーっとしてたからびっくりしただけ」

「それにしても驚きすぎだろ。あ、奏、自己分析できた？」

いやな言葉に「うー」と眉間に皺を寄せると、「なんて顔してるんだよ」と笑われてしまう。大学四年生になり、就職活動が本格的にはじまっている。自分の考え方やこれまでの経験を振り返り整理してまとめる自己分析とやらが、就職活動にどうも大事らしいというのは奏もわかっているが、未だに奏はできていない。

「まあ、なくてもできるとは思うけどね」

奏の反応に蒼斗がやさしくフォローしてくれる。

「奏は、就職はどうすんの？」

「まだ悩んでるんだよねえ……」

ピアニストになるという無謀な夢は見ていない。それほどの才能がないことは大学に入学してすぐに気づいたし、奏は同級生と争おうという闘争心もない。卒業だけを目指して課題をこなしていただけなので、卒業後のことがまったく想像できず、就職活動に身が入らないのだ。

「先生にはならないの？　好きだろそういうの」

「まあ、嫌いじゃないんだけど」

音楽学科は教職の資格を取る子が多いけれど、奏は選択しなかった。子どもは好きだ。夏休みにも友人の家族が通っている幼稚園で毎年行われる演奏会に出ることになっている。でも、教師になりたいと思ったことはない。

「私、大人数を教えるのは向いてないっていうか。個人のほうがいいから、どこかの音楽教室で働くのがいいかなあ」

「奏らしいな。まあ、いいんじゃない？」

「蒼斗はどう？」

彼も清晴もまだ就職は決まっていない。デザイン会社は中小企業がほとんどなので、大手企業のように早くから就職活動がはじまることがないのだと清晴が言っていた。ただ、蒼斗はその中でもかなり早くから真面目に動いているのを知っている。

おそらく、母親に急《せ》かされたのだろう。それ以上に蒼斗は〝社会人〟になることを望んでいる。蒼斗は親の庇護下から抜け出すために、一刻も早く自分の稼ぎで生きていく大人になりたがっていた。でも、今のところまだ内定はもらえていない。それがストレスになっているのか、笑っていてもどこか疲れを滲ませているし、スマホでメールを見て沈んだ表情をしていることも多い。いわゆる〝お祈りメール〟が届いたときだ。

あまりに焦っている蒼斗を見ていると、就職することが目的になっているようで、それは本来の目的から目をそらしているのではないかと思った。望む未来を手に入れたとき、彼は本当に自由に過ごせるのだろうか。もしなにもかわらなかったら、そのとき彼は絶望してしまわないだろうか。

蒼斗と一緒にいて彼を知るたびに、足りない、と思う。彼の世界は、奏が思っていた以上に広くて深い。

だからか、いつも漠然とした不安で胸が押しつぶされそうになる。

蒼斗のために自分にできることはなんだろうか。

「奏のピアノ、また聴きたいな」

「ご飯食べたら音楽学科の校舎行く？　ピアノ弾ける場所あると思うよ」

「いいの？」

もちろん、と頷くと、蒼斗はうれしそうに口元に微笑みをたたえた。

奏ができるのは、彼のために音楽を奏でることだけだった。奏は、自分のためには頑張れない。でも、誰かの――蒼斗のためならいくらでも頑張れる。今まで弾いたことのない洋楽でも、彼が望むのなら必死に練習をした。蒼斗に聴かせてあげるために自分はピアノが弾けるようになったのかもしれないと思うほどに。

「オレ、奏のピアノ好きだな」

「私のレベルでそんなに喜んでくれるなら弾き甲斐があるよ」

「オレにとっては、奏のピアノが世界でいちばんだよ」

「私よりうまいひとなんてたくさんいるのに」

褒められると申し訳なくなる。奏のピアノの腕前はその程度なのだ。けれど、蒼斗がお世辞で言っているわけではないこともわかっていた。

彼の大きな手が、奏の手を取る。

食堂でも、蒼斗はまわりの目を気にすることなく奏に触れる。指先を観察するかのように丁寧に撫でられて顔が紅潮する。それを誤魔化すために、空いている片方の手を蒼斗の髪の毛に伸ばした。そして髪を軽くすいてから、最近浮かぶ目元の隈に触れる。あまり眠れていないのかもしれない。

「奏の手はいいな。オレは、奏の手が好きだよ」

「手だけなの？」

「奏の手から、奏のやさしさが伝わってくるから。だから演奏も好きなんだよ」

その答えはなかなか狡いな、と奏が一笑する。蒼斗らしい褒め言葉だ。奏がなによりうれしいことを、自然と口にする。

やさしい、と言われると誇らしい気分になる。それを求められると、幸せになる。

「蒼斗のためならいつでも弾くよ」

少しは元気になってくれたのか、蒼斗は朗笑して白い歯を見せてくれた。そして左手の小指を突き出して「約束」と言う。

蒼斗は約束をするのが好きだった。気分によって言うことがコロコロかわる母親の影響だろう。つき合ってから蒼斗と交わした約束は数え切れない。明日会おうとか、夜に連絡するだとか、来週の予定だとか。左利きの蒼斗の手に自分の左手の小指を絡ませるのがいつの間にか奏にとって自然なことになり、小指を絡ませるたびに、この約束を守らなければと心に刻む。

今のところ、奏が約束を破ったことはない。蒼斗が破ったことは何度かあるけれど、それはいつだって母親が関係していた。

「指切りって、心中立てのひとつなんだってさ」

交差するふたりの小指を見つめながら蒼斗が教えてくれた。愛の契りを証明するための約束のことで、自分の髪の毛や爪などを箱に入れて渡すこともあったらしい。もちろん、心中立ての指切りは、言葉のとおり指を切るのだとか。

「小指を切るって、褉でもあるよね。そう思うと縁起悪くない？」

「いいほうだけ信じればいいんだよ。オレは、指切りって好きだな」

クスクスと笑って、額をくっつける。

「左手の小指、蒼斗のためにしか使ってない感じする」

蒼斗は「普通右手か」と今気づいたかのように目を瞬かせてから、「左利きでラッキー」と言った。

奏の左手の小指は、蒼斗だけのものだった。

蒼斗はその後、無事にとある広告代理店に就職が決まり、遅れて清晴もデザイン会社から内定をもらった。最後は奏で、音楽教室のピアノ講師として契約社員となった。

奏が心配していたように、蒼斗は社会人になっても実家から出ることは叶わなかった。それでも学生時代に比べたら随分と過ごしやすくなり、交際は隠しつつも、以前よりも休日に奏と過ごせる日が増えた。

蒼斗は、家を出る計画を立てているんだ、と奏に言った。今までは母親がなにからなにまで世話をしてきてわからないことだらけだけれど、自分の力でなんとかしようと貯金をし、賃貸の契約の流れなどを調べ、車と一緒にバイクの免許を取り、少しずつ準備をはじめているようだった。

蒼斗は卒業後も清晴と親しくしていた。ただ、奏は清晴と連絡を取ることも会うこともなく、蒼斗から話を聞くだけだった。

「清晴は、今も清晴らしく楽しそうだよ」

「清晴はいいよな、羨ましいよ」

「オレもはやく清晴みたいな毎日を過ごしたいな」

蒼斗はいつも同じような台詞を口にしていた。大学時代から清晴に憧れのようなものを抱いていたのは知っていたけれど、社会人になってからは羨望に近かったと思う。

「奏はいいよね。そのままを受けいれてもらえてるよね」

「そばにいなくても両親に愛されてるってわかるのはすごいよ」

おそらく奏にも、同じような気持ちを抱いていた。

――それがいつから妬みになったのかは、わからない。

思い返すと、蒼斗の変化はかなり前からはじまっていた。

それが明確に表れはじめたのは、夏の暑さが過ぎ去った秋の頃だ。

仕事に対して自分を奮い立たせるようなことを口にしなくなり、仕事が忙しいのだと言って外で会おうとせずに奏の家に来るようになった。奏のピアノが聴きたいと言うことがなくなり、いつも倦怠感を滲ませた表情でテレビを観ていた。話すのは仕事や母親の愚痴ばかりで、虚ろな目をして「奏はいいな」「清晴も楽しそうだな」と零していた。

少しずつ、蒼斗は疲れを蓄積させて、少しずつ少しずつ、蒼斗は心の余裕を失っていった。イライラしているのか、声を荒らげるようなことはなかったが、眉間にシワを寄せて不機嫌そうに黙っている日もあった。

奏は、どうすれば蒼斗が穏やかに笑ってくれるようになるのかと、そればかりを考えて振る舞っていた。話したくないかもしれないと仕事の話は避けて、休めるように、ときには気分転換ができるようにと、気遣ったつもりだ。

でもそれは、裏を返せば彼に向き合っていないということだった。目をそらして彼の気持ちを上辺だけで判断していた。

そのことに気づいたのは、就職して一年後の春、蒼斗が突然会社を辞めたときだ。

その日の夜に蒼斗ははじめて連絡なく母親に内緒で買ったバイクで奏の家に来て、堰《せき》を切ったかのように涙を流しそれまでなにがあったかを奏に話した。

原因はやはり、母親だった。

蒼斗の勤めるデザイン会社は広告代理店からの仕事が多く、かなり忙しかった。残業代が出ないにもかかわらず、夜遅くまで働く日々が続いていた。蒼斗はそれでも「仕事は面白い」と言っていたけれど、母親が納得しなかったのだ。連日帰宅が遅いことに怒り、会社に電話をし、どういうことだ、労基に連絡をする、このままでは過労死する、と社長に訴えたらしい。

その結果、入社して半年が経った頃から、蒼斗は会社で腫れ物に触るような扱いをされはじめた。大きな仕事を任せてもらえず、定時になると無理矢理帰らされ、次第に雑用ばかりになってしまったようだ。肩身の狭い思いにずっと耐えていたが、そのうち、自分の存在が他の社員に気を遣わせてしまうと悩むようになり、とうとう退職を決めたのだ。

目の下の隈から仕事が忙しいせいで寝不足なのだろうと思っていたけれど、蒼斗は不眠症を患っていた。

奏はなにも、気づかなかった。

「奏と一緒に暮らしたいな」

奏の胸に顔を押しつけて、蒼斗は言った。奏は「じゃあ暮らそうか」と答えた。

蒼斗の頰を両手で包み込んで微笑むと、彼は涙で濡れた顔を歪ませた。

「毎日奏と一緒にいられたら、幸せだろうな」

「楽しいよ、きっと」

そう言うと、蒼斗は「はやく新しい就職先見つけないと」と久々に力のこもった瞳を向ける。そんなこと気にせず一緒に暮らしちゃえばいいのに、と思ったけれど、蒼斗なりのこだわりがあるのだろうと考え、「待ってるね」と奏は蒼斗を抱きしめた。

「待ってて。約束する」

突き出された小指に自分の小指を絡ませたあの瞬間、蒼斗は幸せになれると奏は思った。奏はただ、蒼斗を信じればよかった。

けれど、現実はそう甘くはない。

蒼斗はなかなか転職先が決まらなかった。一社、また一社と面接に落ちて、不合格の通知を受ければ受けるだけやる気や前向きな気持ちがぽろぽろと零れていったのかもしれない。徐々に蒼斗は生気を失っていった。仕事を辞める前以上に、蒼斗は口数が少なくなった。応援する奏の言葉も、彼の耳を素通りしているような気がした。

汗が滲む季節になった頃には、夜までほぼ毎日奏の家にいて、なにもしていなかった。奏の両親がほとんどいないこともあり、奏が仕事に出かけているあいだも、蒼斗はひとりで過ごしていたときもあった。母親は大丈夫なのかと何度か聞いたけれど、彼はどうでもよさそうに自嘲気味に笑って「いいんだよ」と答えてはソファで横になっていた。淀《よど》んだ目をした蒼斗に、少しでも疑問を口にしたら彼を追いこむことになるんじゃないかと思い、奏は黙って彼のそばにいようと決めた。


蒼斗の母親が奏に会いに来たのは、それから一ヶ月ほど経った頃だった。

「あなたが、蒼斗とおつき合いしている子かしら」

仕事が終わってビルを出た奏に、見知らぬ女性が声をかけてきた。

発言から、すぐに蒼斗の母親だとわかる。蒼斗によく似た目元なのに、やさしさが微塵も感じられない、冷たく、底が見えないほど深い穴のような不気味な瞳を向けられて、奏はただただ恐怖に襲われた。体が石になってしまったかのように固まって、言葉を発することもできなかった。

「あなたのせいで蒼斗がおかしくなった」「あんなにいい子だったのに反抗をするよ

うになった」「母親の私の気持ちがあなたにわかる？」「あなたは蒼斗にふさわしくない」「どんなことを言って蒼斗を唆《そそのか》したの」「会社を辞めてたことを隠していたなんて」「蒼斗のために別れてちょうだい」「あの子はやさしいから別れられないだけ」「あなたのことを好きなわけじゃない」「あの子のやさしさを利用しないで」「あなたがつき合えるような相手じゃないの」

蒼斗の母親は奏に有無を言わさぬ圧力でまくし立てた。

おおよそ三十分ものあいだ、蒼斗の母親はずっとひとりで叫んでいた。むき出しの感情で殴られ続け、頭がガンガンと痛みだす。途中からなにを言われているのかわからなくなって茫然としている奏に、彼女は満足して帰って行った。

嵐のような出来事に、奏はなにもできなかった。道ばたでまわりの目も気にせず感情的になるひとをどうにかしなければ、とも思わなかった。

蒼斗はこれまで何度も、同じような経験をしてきたのだろう。想像すると蒼斗がかわいそうで、あんなひとが蒼斗の母親なのかと悔しくて、胸が締めつけられた。もう二度と、蒼斗をこんな目に遭わせてはいけないのだと思った。

体力を奪われたみたいにふらふらと家に帰ると、玄関先に蒼斗が立っていた。

「奏、一緒にいよう」

蒼斗は、奏を見るなり力一杯抱きしめて言った。

母親が奏にしたことを直接聞いたのだろう。家の中に入って、彼は何度も「ごめん」「あんな親だけど、そばにいて」「オレは奏が好きなんだ」と奏に縋った。そして独り言のように「なんであんなことを」「もう限界だ」「うんざりだ」「こんな自分もいやだ」と繰り返していた。

彼の背中に手を回し、撫でながら「大丈夫だよ」と返事をする。

「そばにいるよ」

自分にできることで蒼斗が笑ってくれるのならばそれでよかった。蒼斗が安心できる場所になれたらそれで幸せだと思えた。なにより、蒼斗をひとりにすることが不安だった。

自分よりも大きな体なのに、子どものように小さな彼の背中を抱きしめながら、なにができるかを奏は考えた。親に連絡すれば、蒼斗のそばにいる環境を整えられるだろう。以前両親と会ったときに蒼斗の話をして、同棲の承諾を得ていた。むしろ、そんな境遇の彼を助けられるならと、父親はマンションの購入まで考えてくれた。奏も契約社員とはいえ働いている。奏の給料ではふたり暮らしは厳しいけれど、両親が手助けしてくれるならなんとかなるはずだ。

私なら、彼の望むものを与えてあげられる。だから、彼にこたえなくてはならない。

「私がいるよ、蒼斗」

部屋の中はクーラーが効いていたのに、抱き合っていたからかじっとりと肌が湿っていた。ゆっくりと体を剝がして、蒼斗の髪の毛に手を伸ばす。

「蒼斗は蒼斗の好きなように過ごしたらいいんだよ」

「……ありがとう、奏」

「一緒にいるよ、約束する」

蒼斗に自分の左手の小指を見せる。この指は、蒼斗のためのものだ。

そして、その小指は、数日後の事故で、奏の体から切り離された。


事故だった。

蒼斗は奏の家で過ごすようになってから、母親からの電話をすべて拒否した。だからだろう、どうやって調べたのか、蒼斗の母親は奏の家にやってくるようになった。

奏が休日だったその日もチャイムを鳴らした母親に、奏と蒼斗は居留守を使いなんとかやり過ごしてから、タイミングを見計らい蒼斗とふたりで逃げるように家を出た。

母親はきっと時間をあけてまたやってくるはずだと、そのまま気分転換に出かけることにした。

「ふたりだけのマンションに引っ越したら、もう見つからないよな」

バイクのエンジン音にかき消されないように、蒼斗が声を張り上げた。家を飛び出してからの蒼斗は、すがすがしい顔をするようになった。

「オレは、奏のおかげで自由なんだな」

そうだよ、と答えたかったけれど、おそらく蒼斗の母親は近いうちに奏の勤務先にくるに違いない。すでに彼女には知られている。そうなると、奏も仕事をかえる必要がある。そのことは蒼斗に言わないほうがいいだろう。

「解放感が、すごい」

蒼斗の声色は明るかった。蒼斗の腰に回した手で、彼の服を握りしめる。そういえば手袋を持ってくるのを忘れていたなとそのとき気がついた。

「どこまでもいけそう」

そう言って、蒼斗はスピードを上げた。

昼過ぎから急に降り出した雨のせいか、スピードを出しすぎたせいなのか、バイクの免許を取ってまだ一年ほどで、なおかつ精神状態も乱れていたせいなのか、蒼斗はカーブでバランスを崩した。

あ、と思ったときにはすでに対向車線にバイクが飛び出していて、目の前に大きななにかが迫ってきた。

奏の体が宙に浮いて、目の前にいたはずの蒼斗が離れていく。

そして——全身と、左手に激痛が走る。

体がしびれるほどの痛みに、奏はその後のことをあまり覚えていない。気を失ってはいなかったらしいけれど、記憶にはなにも残っていなかった。病院のベッドでびりびりと痛む指先に気づいた瞬間が、奏の事故後の最初の記憶だ。

両親の話によれば、蒼斗と奏の乗っていたバイクは対向車線で向こうからやってきたワゴン車と衝突したらしい。その衝撃で奏の体は吹き飛ばされ——ガードレールで小指が切断されてしまった、とのことだった。飛んでいった小指は見つけることができず接合できなかった、と悲痛な顔で教えてくれた。

もう蒼斗にピアノを弾いてあげることはできないんだな。

痛みのせいでなにが現実なのかが曖昧な中、奏はぼんやりとそう思った。

小指を失った。

蒼斗と幾度となく約束を交わした左手の小指はどこにいったのかわからなくなり、それと同じように、あの日、奏は蒼斗も失った。

奏を求めてくれていた蒼斗という存在は、あの日を境にいなくなった。

「まるで心中立てだね」

ふふっと笑って誰もいない病室で呟く。

あの小指に込められていたのは、蒼斗への愛情だった。そのはずだ。

けれども。

「もしくは、刑罰なのかな」

誰も答えを教えてはくれなかった。

◇◆◇

ベッドで横になっている奏を見下ろしながら、琉生は「刑罰って、なんですか？」と訊いた。問いかけている相手は、琉生が見つめる先の奏ではなく背後にいる清晴だ。

「……罪を犯したものへの制裁だろ」

「そんなことを聞いてるんじゃないです」

清晴のズレた返事に琉生が怒りを顕《あら》わにして振り返ると、清晴は壁にもたれかかり腕を組んで琉生と眠っている奏を眺めていた。

公園で奏が気を失ったのは、三十分ほど前のことだ。

呼びかけてもまったく反応しない奏の様子に狼狽《うろた》えつつ、とりあえず部屋に戻らなければと奏を抱えてマンションに戻った。奏が琉生の返した合鍵を持ったままで助かった。

琉生は部屋に入って奏の濡れた体をバスタオルで拭き、体にブランケットを巻きつけてベッドに寝かせた。できるだけ冷えないようにと暖房のスイッチを入れ、目覚める気配がない奏を、そばで見守っていた。

清晴が家にやってきたのはそれからしばらくしてからだ。

「……お前」

チャイムに対応した琉生の声に、カメラの先にいる清晴は目を見開いた。相当急いで来たのか息を切らしていて、真剣な表情で「そこに、奏はいるか?」と聞いてきた。

琉生が奏と暮らしているあいだ、清晴が訪ねてきたことはない。清晴の様子からして、今日家に来たのには理由があるのだろう。きっと、今の奏の状況が関係している。

そう確信して琉生はエントランスのオートロックを解除した。

部屋に入ってきた清晴は琉生に挨拶もなく奏の様子を確認し、眠っている姿を見てほっと安堵の息を漏らした。そして、改めて琉生と目を合わせる。

「……お前、事故に遭ったって？」

「え、いや、そんなことは……あ、でも、はい」

「どっちだよ」

あたふたと答える琉生に、清晴が噴き出した。さっきまでの緊迫した表情はすでに消えていて、余裕が感じられる。その態度に、目の前の男は自分よりも年上の大人なのだと思わされて、少し悔しくなる。

いやそれよりも。どうして清晴は琉生が事故に遭ったのだと思ったのか。琉生の頭に浮かんだ疑問を察した清晴は、「奏がパニックになって電話してきたから」と言った。

たしかに、あのときの奏は琉生が事故に遭ったと思い込んで泣いていた。

琉生が近づく前に、奏は清晴に電話をして呼び出した、ということだ。

「奏さんがこうなった理由、を、知ってるんですか？」

清晴のとなりに並び、琉生は訊ねる。

自分の知らないことを彼が知っていることに不満がないわけではない。けれど、今は彼に訊くしかない。

「奏が話してないなら、俺から勝手に言いたくないんだけど」

「奏さんから話してくれると思いますか？」

悔しいけれど、きっと奏は自分になにも教えてくれない。

暖房が効きすぎて空気が重く息苦しくなる。

清晴も同じ気持ちだったのか、しばらく黙って奏を見下ろしていた。そしてやっと、

「俺は俺の主観でしか話せないから、詳しくはあとでちゃんと奏に聞けよ」

と重い口を開いた。


清晴は簡単に、簡潔に、奏と奏の恋人だった蒼斗との顛末《てんまつ》を教えてくれた。

大学時代から卒業後までの四年間ほどつき合っていたこと。蒼斗の家庭環境が複雑だったこと。ふたりが蒼斗の親から逃げるように一緒に暮らそうとしていたこと。そして、その矢先に、蒼斗の運転するバイクで事故に遭い、奏が小指を失ったこと。

ただただ、起こったことだけを淡々と話してくれた。そこにふたりの感情の説明もなければ、清晴がどう思っていたのかの補足もない。

「あのあと、奏はしばらく抜け殻だったな。指がなくなったから仕方ないけど仕事も辞めて、家に引きこもり生活」

恋人との事故。失った指。それが奏にとってどれほどの傷になったのか、琉生には

想像すらできなかった。

「奏さんは、小指がないのは刑罰だと、言っていました」

「……奏がそう思うならそうなんだろうな。なんにでも理由をつけたがるから」

「なんで奏さんはそんなふうに思うんですか？」

刑罰ということは、奏が罪を犯したということだ。でも、清晴からの説明では、そんな部分は見つけられない。壁に背を預けた清晴を振り返り説明を求めたけれど、彼は「知らねえよ。なんとなく予想はつくけど」と素っ気なく言うだけだ。

「その予想はなんですか」

「実際奏がどう思ってるかは知らないから言わねえ」

清晴は頑なに自分の考えを言わない。それは琉生に不確かな情報を与えて変な先入観を持たせないためだろう。なによりも、奏のために。だからといって、納得はできない。もどかしさに歯を食いしばり、手が真っ白になるほど力一杯拳を作る。

「奏は本当にバカだな」

く、と喉を鳴らしてから、清晴は琉生のとなりに戻ってきた。彼の口調には奏に対してやさしさや愛おしさみたいなものはなく、ただ呆れているようだった。

「奏は、誰彼かまわず損得も考えず、一方的に与える側の人間だ」

清晴の声はかすかに震えていた。

「たぶん、道ばたに倒れているひとがいればそれがどんなひとでも声をかけるんだろうな。すげーよな。俺には真似できねえし、真似したいとも思わないけど」

清晴がゆっくりと奏の髪の毛に手を伸ばした。

けれど、触れる直前で動きを止めて、空《くう》を握りしめて引く。

「俺みたいに、蒼斗と奏の関係が共依存になってることに気づいても、知らんぷりした人間とは根本から違う。根っからのお人好しで、俺はそんな奏を心底バカだと思う」

彼の表情には後悔が浮かんでいた。苦々しく歪んだ表情に、彼の言葉は本音だけれどそれだけでもないのだろうと思う。

奏に触れることのなかった手を開いて、彼は小さく息を吐き出した。そして、奏に背を向ける。

「じゃ帰るわ」

「え」

「俺は明日も仕事なんだよ。俺は奏と違って無償で親切するようなやつじゃないからな。見返りはしっかり求めるぞ」

「え、でも、目覚めるまでいてあげても……」

いや、いなくてもいいのだけれど。けれど、奏が呼び出したのであれば彼はそばにいたほうがいいのではないだろうか。琉生の言葉を無視してスタスタと玄関に歩いて行く清晴を慌てて追いかけると、彼は靴を履きながら「もう大丈夫だろ」と顎で奏のいる部屋を指した。

「起きてる」

にやりと笑って言った清晴は、「じゃあな」と琉生に手を振ってドアから出ていった。

半信半疑で寝室に戻ると、清晴の言ったとおり、暗闇の中で目をぱっちりと開いて天井を見つめている奏がいた。奏はゆっくりと琉生のほうに顔を向けて、

「……なんか、ごめんね」

と力なく笑った。

奏はゆっくりとベッドから体を起こして、気持ち悪いからシャワーを浴びる、とのそのそとバスルームに向かう。琉生が家にいることになにも言わなかったことに甘え、琉生は濡れた服を脱いで楽な格好に着替えた。そして、リビングのソファに腰掛けて、奏がお風呂から戻ってくるのを大人しく待つ。

出て行ってと言われても、この状況で奏をひとりにするわけにはいかない。なによりも話をしなくてはいけない。奏がどこまで自分に語ってくれるかはわからないけれ

ど、有耶無耶《うやむや》にはできない。

わずか十分ほどで奏はリビングに戻ってきて、あたたかい紅茶を淹れるために電気ケトルのスイッチを入れた。なにか飲むかと訊ねられて頷くと、奏は「今までと逆だね」と儚げな笑みを浮かべる。奏の微笑に、シンと凍りつきそうなほど冷たく暗かった空気が少しあたたかく感じた。

「――やっぱり、奏さんの笑顔はすごいな」

昔見せてくれた弾けるようなものではない。それでも、緊張して不安だった琉生の気持ちを癒やしてくれた。

「なにそれ」

奏は首を傾げながらマグカップをふたつ手にして慎重に琉生のそばにやってきた。琉生は彼女の左手のマグカップを支え持って、「昔、おれは奏さんと会ったことがあるんです」と伝える。

奏の話を聞く前に、話しておきたいと思った。

言うつもりはなかった。奏が覚えているはずがないからだ。大事にしていたのは自分だけだということを突きつけられたくなかった。あの思い出をそのままの形で大事にしておきたかった。

けれど、奏にあの頃のすべてを取り戻してもらいたい。なにもかもがなくなったわけではない。失っても消えたわけではない。失ったものは取り戻せるのだと伝えたい。そのためには、自分のことも包み隠さず話さなければいけない。

「前に話した……おれを笑顔で救ってくれたのは、奏さんだったんです」

「……え？」

「おれが高校生のときで、実は父親があの大学の教授で、家にいたくなくて、大学にひとりで行ったんです」

向かいに座った奏は自分の記憶を探るように天井のほうに視線を向けた。

「落ち込んでたおれに気づいて、奏さんが声をかけてくれて、友だちと発表会にする演奏の練習を見せてくれました」

ああ、と奏が思い出したのか声を発した。琉生のことはまだわからないようで、夏か、夏、とぶつぶつと呟いている。

琉生はそっと席を外し、玄関に置きっぱなしにしていたカメラを手にして奏のとなりに戻った。そしてボタンを操作し、画面に表示された一枚の画像を奏に見せる。

奏が、満面の笑みで演奏している姿だ。

それを見て、奏が小さく「あ」と言った。

琉生も、この写真をちゃんと見るのははじめてだ。画面の中の奏を撫でるように手で触れる。

「おれはあのとき、奏さんに一目惚れしたんじゃないかと思います」

正直言うと、実際のところは今もわからない。また会えたらいいなとは思っていたけれど、探そうとしたことはない。会ったところでなにがしたいのかもわからなかったし、あの日のことは大切な記憶のままでよかった。

ただ、四年経っても忘れていなかったのは、バイト先で奏をひと目見てわかったのは、ずっと彼女のことを求めていたからだ。

「奏さんにまた会えて、奏さんがそばにいてくれて、おれは、すごい救われました」

「なにも、してないよ、私は」

「おれみたいな変なやつを拾ってくれたじゃないですか」

こんなふうに、と言って手を伸ばして、奏の手を取る。自分よりも小さな、細い指を撫でて絡ませる。少し力を入れてその手を引くと、あっさりと奏の手が琉生の口元にやってきた。そこに、口づけをする。なくなって痛々しい彼女の小指なんか、なにひとつとして気にならない。それを奏にもわかってほしい。

「……やめて、琉生、くん」

ピクピクと体を震わせ、涙がにじんだ声で奏が言う。

このひとを守りたいと心から思う。どれだけ奏の過去を知っていても、清晴は奏に笑顔を取り戻せていない。この先もきっと彼のあの言い方では無理だろう。

ならば。

「おれは、奏さんのやさしさが好きです」

真っ赤な頬と潤んだ瞳の奏を見れば、彼女が自分をどういう目で見ているかわかる。そのくらい、琉生は相手の求めるものを読み取って見返りを与えなければと考えて生きてきた。

「だから、素直になってください。好きだって言ってください。全部受け止めます」

「やめて」

ちがう、と言えばいいのに、奏は言わない。

「なんでですか？　なんで好きなのにおれを突き放すんですか。じゃあなんで、おれを追いかけてきてくれたんですか」

ねえ、と言いながら彼女の指先にまた口づけを落とした。

と、ぽたんと雫がテーブルに落ちた。顔を上げると、彼女ははらはらと涙をこぼしていて、その姿に息を呑む。あまりにも痛々しい姿に、胸がキリキリと締めつけられる。

奏は不完全だ。心が荒《すさ》んで壊れてボロボロだ。

「私は、ダメなの。琉生くんに、なにもあげられない」

そんな彼女になにを求めるというのか。

「私には、ものも、気持ちも、証明できるものがない」

心中立て、という言葉を思い出す。

昔、遊女が愛情の証として小指を切り落としていた。誓詞、放爪《ほうとう》、断髪、入れ墨、切り指、貫肉《かんにく》。奏が言っているのは切り指のことなのだろう。それほどまでに、前の彼氏のことを想っていたのだろうか。

「清晴に、聞いたでしょう?」

いつから起きていたのだろうと思いつつ頷いた。

「私は、蒼斗が好きだったの。やさしいところも弱いところも。そのままの彼でいてほしくて、だから彼のために愛を誓った」

奏はするりと琉生の手から自分の手を引き抜き、なくなった小指を見つめる。

「……だから、これは刑罰なの」

脈絡のない言葉を理解するのに数秒を要した。

「私のせいで、彼に重い枷《かせ》をはめてしまった」

そしてふと、蒼斗は生きているのかもしれないと思い至る。

なぜか、ずっと蒼斗は亡くなったように受け止めていたけれど、思い返せば、清晴も事故に遭ったことまでしか言わなかった。重い枷だということは、蒼斗は奏のケガに責任を感じているということか。ならば今も奏のそばにいるのが自然なのではないか。琉生の知る限り、奏は蒼斗と連絡を取っているようには思えない。

彼は、今どこで、なにをしているのだろう。

「蒼斗のことが好きだったたし、蒼斗も私を好きだったと思う。けど、あの頃の私たちのあいだに、純粋な想いはなかった」

話がどこに行き着くのかわからなくなり、琉生は彼女の話に耳を傾ける。奏は「いつからだろうね」と、独り言のように言葉を続けた。

「蒼斗が私を好きじゃないことには気づいてたし、私も蒼斗を好きじゃなかった」

きっぱりと断言する彼女は、自分で自分を傷つけているように見える。

「好きだったけど好きじゃなかったから、お互いに、お互いを利用したの」

奏は後悔を顔に滲ませながらかすかに口角を引き上げて言った。

奏は与えることに喜びを感じていた。

蒼斗は与えられることに安堵していた。

そばにいたいと言われれば頷き、やる気を失っても責めもせず、ただ相手の望む甘い言葉だけを吐き続ける。それはまるで大麻のように依存性の高い、甘いだけのやさしさだった。蒼斗にとっても奏にとっても。

その心地よさが愛情を上回って、ふたりは溺れてしまったんだろう。

どれだけ楽で、夢の中にいるような幸せを感じても、結局はまやかしでしかないのに。現実から逃げているだけなのに。けれど、その場しのぎの楽な方法を選んでいれば、それが毎日続けば、なぜか大丈夫なような気がしてくることを、琉生は知っている。

まるで奏と再会するまでの自分のことのように思えて、琉生は目を伏せた。家を避けて、好きでもない相手と寝床を得るためにつき合ってきた過去の自分は、間違いなく現実から目をそらしていた。

「彼のことを想うなら、私は彼のそばに居続けるべきじゃなかった。私がいなければ、蒼斗は母親から逃げることはなかった。蒼斗なら自分の足で親から離れられた。なのに、私が彼をぬるま湯に引き留めてしまった」

奏が涙を拭う。それでも、彼女の瞳からはぽたぽたと涙がこぼれて頬を濡らす。

「そのことに、蒼斗は事故に遭ってから気づいちゃった」

ふふっと奏は嘲笑する。

「事故のあとに、蒼斗ははじめて母親に感情をぶつけたんだって。それまでため込んできたもの全部吐き出して、その瞬間、これでいいんだって、吹っ切れたみたい」

蒼斗のケガは奏よりも軽傷だったらしく、彼は病室にいる奏に会いに来て話をしたらしい。

「泣いて私に頭を下げて、謝って、別れようって言って——消えた」

「つな、なんで！　なんすか、それ」

無責任にもほどがある、と声を荒らげようとしたところで、奏が「ちがうの」と首を左右に振った。蒼斗を庇うような態度に、琉生は眉根を寄せる。

「蒼斗は私のために、消えたの」

「いや、でも」

「蒼斗がそばにいたら、私はまた蒼斗を助けようとしてしまうから」

意味がわからない、と蒼斗を責めたいのに、奏の表情からそれがふたりにとっての最善だったのだろうと思うと、言葉が出なかった。

蒼斗は、奏を嫌いになったわけではなく、大事だからこそ、別れたのか。別れざるを得なかったのか。

愛情はないけれど、責任を取ってつき合い続けること。

愛情はないからと、これ以上縛り付けないようにと別れること。

彼にとっては苦渋の決断だっただろう。

「それに、そのとき、私、ほっとしたの」

奏が声を絞り出すように言った。

「蒼斗がもう自分の助けを必要としていないことに、もう蒼斗のためになにもしなくていいことに、私は安堵した」

蒼斗は、奏から言い出す勇気がないことに気づいていた。

「私は、すべての決断を彼に委ねて、罪悪感だけを彼に植えつけた」

現実逃避の責任を蒼斗が引き受け、かわりに奏は小指を差し出した。

「だから、刑罰なの」

奏は自分の左手を右手で包み、どこか愛おしそうに撫でる。

本気で刑罰だと思っているわけではないだろう。けれど、そう思うことで他人との関係に線を引こうとしている。以前のように人に手を差し出さないようにして、今、琉生と距離を取ろうとしている。

ソファから床に移動し、膝を立てて奏のそばに近づいた。ぴくりと体を震わせながらも、奏は避けようとせずに琉生が来るのをその場で待ってくれる。

「心中立てでも刑罰でも、おれにとってはどうでもいいことです」

奏に体を向けたまま、手を伸ばして彼女の顔を包んだ。熱を帯びた彼女の双眸が琉生の体をやさしく刺激する。

「……私にとっては、どうでもよくない」

「おれは奏さんの、気持ちを知りたい」

彼女の台詞を無視して話を続ける。

奏はぐっと言葉を詰まらせた。なんと言えばいいかと迷っているのか、口が薄く開き、そして閉じられる。それを何度か繰り返して、最後に奏は唇をきゅっと噛んだ。次に口を開いたら、誰かを守ろうとする彼女はなにを言うだろうか。そんな気遣いはいらないのだと、琉生は先に言葉を紡ぐ。

「約束しなくてもいいんです」

小指がないなら、指切りができないなら、罪だと思っているなら、それでもかまわない。

「おれは、約束なんかいりません」

奏の肩を摑んで彼女の瞳を見つめていると、なぜか琉生が泣きたい気持ちになる。

「おれはただ、奏さんのそばにいたいんです」

琉生が求めるのはそれだけだ。

奏からもらいたいのはそばにいて〝もらう〟ことだけだ。それだけで、形のないものを奏から琉生はたくさん感じることができる。

奏さん、と琉生はささやいた。心臓が激しく鼓動していて、呼吸を整えながら奏の肩に添えていた手を、ゆっくりと腕をなぞるように下ろしていく。そして、かたく握られた奏の両手に自分の手を重ねた。

「奏さんがおれになにも望まないように、おれも奏さんには望まないから」

奏は目を見開く。そして瞳が次第に揺れはじめる。ゆらりゆらりと、溶けるみたいに。

「そんなふうに言うのは……狡いと思う」

口元を歪ませていたけれど、そこにはかすかに笑みが浮かんでいた。

「私は、なんて答えたらいいの」

「思っていることを、言ってください」

琉生の言葉に奏は諦めたかのように体から力を抜いた。強ばっていた肩がすとんと落ちて、そのまま倒れ込むように琉生の胸に体を預ける。自分よりも年上の、かつては自分よりも大きな存在に思えた奏が、今は琉生の体の中にすっぽりと収まっている。

鼓動がはやすぎて胸が痛む。そんな自分の振動にまじって、彼女の心音が体に伝わってきた。

「こわい」

初めて彼女の本音の声を聞く。

「こわいけど、そばにいたい」

やわらかくて、あたたかな、ふわふわした綿菓子のような甘さが琉生の体に染み渡る。

「琉生くんといると、私は私のままでいいんだと、思ってしまう」

だからかな、と言葉をつけ足した奏は、琉生の手をほどいて琉生の背中に手を回した。

「好き、だと思う」

奏と同じように琉生も彼女の背中に手を回し、やさしく包み込んだ。

だと思う、というおまけ付きの告白だったけれど、ちっとも気にならない。むしろ、それが奏らしいとさえ思う。

抱き合っているとお互いに求めていたなにかがぴったりとはまったような気がした。お互いの傷がお互いの体で癒やされていく。今まで自分に足りなかった、今まで味わったことのない幸福感が、全身を襲う。

こうしていると、自分がなくしたものは取り戻せると確信する。だから、彼女の失った証は、自分が必ず埋めてみせる。

琉生は奏の髪の毛に顔を埋めながら決意する。

4

ここになかった恋のはなし

不思議だ。

四年前、事故に遭ってから一時期、奏は塞《ふさ》ぎ込んでいた。けれど、少しずつ前を向いて今ではちゃんと毎日を過ごしているのだと思っていた。過去を思いだして憂鬱になることすら日常として受け止めていた。

なのに、勇気をかき集めて琉生への思いを口にしたあの日から、目に映るものすべてがまばゆく輝いて見える。空はこんなに明るかったのかと、毎朝新鮮に感じる。

今までの自分は、一体なにを見て過ごしていたのだろうか。

「んじゃ、行ってらっしゃい奏さん」

朝の準備を済ませて玄関に立つと、琉生がパタパタと小走りで見送りに来てくれる。大学が春休みに入ったことで、彼はまだスウェット姿だ。

「琉生くんは今日、バイト休みだったよね」

「うん。でもシフト入れたらよかった。奏さんにお昼会えないんだもんなあ」

「会えたってお昼休憩のあいだだけじゃない」

それに店では客と店員の会話しかしない。

琉生はそれでも残念に思っているらしく、ぷうっと子供のように頬を膨らませた。

琉生は、以前よりも素直に感情を表に出すようになった。そうすることで、奏が思っていること感じていることを口にしやすい雰囲気を作ろうとしているのだと思う。「奏さんは？」という質問をよくするのも、たぶん同じ理由だ。だからといって、急に気を遣わず琉生に接することができるわけではないけれど、彼とたくさんの会話を交わしていけば、いつか穏やかに過ごせる日が来るだろうと奏は漠然と感じていた。

今はまだ恥ずかしくて言えないが、琉生が好きだと伝える日もそう遠くないだろう。

「仕方ないから今日は家で就活のことを考えたり、掃除したりして過ごすかなあ」

いい天気だし、と琉生が微笑む。

琉生は相変わらず家事をすべてやってくれる。手伝おうとしてもゆっくりしててと言われて任せきりの状態だ。そして夜はふたりのんびりとドラマを観て過ごしている。以前と違うのは、必ずどこか——主に奏の左手と琉生の右手——が触れ合っていることだ。

ただ、ふたりが触れあうのは、それだけ。

まだつき合いはじめて二週間だからなのか、それとも同居人としての関係からはじまったからなのか、奏と琉生は今も夜は別々の部屋で眠っている。まだこの距離感に甘えていたいと思う奏を、琉生が尊重してくれているだけかもしれない。

「明日はおれがバイトなんだけど、二時までだからそのあと出かけない？」

そういえば琉生は最近敬語を使わないときが増えた。ため口だとかわいさが増すなあと思いながら「いいよ」と返事をする。ちょっと跳ねている琉生の髪の毛に手を伸ばして撫でると、琉生は目を細めてふにゃりと笑った。かわりとばかりに琉生は奏の手を取って撫でて、まるで忠誠を誓う騎士のように指先にキスをする。どういう顔をすればいいのかわからなくて口元が歪んでしまうけれど、不思議な心地よさを感じる。

「琉生くんはどこか行きたいところでもあるの？」

「奏さんとデートしたいだけ」

たしかに琉生とふたりで出かけたことはまだ一度もない。

そうでなくても、事故に遭ってから友だちとも疎遠で、清晴とも休日に会うことはなかったため、奏は家で過ごすことが多い。近所のスーパーか自転車に乗って薬局かホームセンターに行くくらいで、外出らしい外出はたぶん、半年前に両親と外食したのが最後だ。

「週末はおれが奏さんを笑顔にさせるから」

なにそれ、と噴き出すと、彼は真剣な表情で「笑わせたいんだ」と言った。気を遣われているようで複雑な気持ちになるけれど、そんなふうに奏のことを想い考えてくれる琉生のやさしさに目尻が下がる。

「どうしようかなあ……」

いつもの喫茶店で頬杖をつきながら窓の外を眺めて呟く。

午前中引き受けた仕事の解決策が見つからず、気分転換をしようと少し早めのお昼に出たのだけれどついつい仕事のことばかり考えてしまう。

むううっと眉間に皺を寄せていると、

「不細工な顔してんな」

と目の前にやってきた清晴が言った。

「びっくりした。また来たの？」

「来ちゃ悪いのかよ」

清晴は偉そうに足を組んでメニューを一瞥し、すぐにオーナーに「ホットコーヒー」と注文した。

「食べなくていいの？」

「今日はいいや」

外の風が冷たいからか清晴の頬が赤く染まっている。テーブルに置かれた水に「あったけえの飲みてえ」とぶつぶつ言いながら口をつけた。

「で、元気そうだな」

「ああ、うん。おかげさまで」

ぺこりと小さく頭を下げると、清晴は「今日はおごりだろ」とにやりと片頬を引き上げた。見下ろすような視線にイラッとするけれど、拒否することはできない。

琉生とつき合うようになってから、清晴に会うのははじめてだ。

もちろん次の日には電話で迷惑をかけたことを謝り、琉生とこれから一緒に暮らすことを報告した。清晴は「まあいいんじゃね」と素っ気ない返事をしただけだった。口うるさい清晴を鬱陶しいと思っていたのに、なにも言われないとさびしく感じるなんておかしな話だ。

そう思うくらい、彼の冷たい言動にはやさしさが含まれていたということだ。

「最近やっと、清晴がモテる理由がわかったかも」

「気持ち悪いこと言い出すなよ、浮かれすぎてるんじゃねえの」

うげ、と声を出して清晴は渋い顔をする。褒めているのになんで失礼なことを言われなくてはいけないのか。そういう態度だから、今まで清晴の度を超えるほどのやさしさに気づけなかったのだろう。

清晴は四年前、事故に遭った直後の奏に「奏はわかってたんだろ」と核心をついた言葉を口にして、「自己満足の結果がこれかよ」とも言い放った。言葉は辛辣《しんらつ》だったけれど、苦しげに顔を歪ませて、奏はなにも言えなかった。

その後、何度会いたくないと避けても、放っておいてと悪態を吐いても、彼はあれこれと奏の世話をやいた。蒼斗が奏をある意味利用していたことに気づいていたのに放っておいた罪悪感からか、もしくは奏が蒼斗を好きではないのに尽くし続ける姿を見て呆れ、放置していたことへの後悔からか、そのどちらもか。

――『ひとりで不幸に酔って不幸を増長させるな』

ひきこもっていた奏に清晴はそう言って、無理やり外に連れ出した。

清晴はいつだって、奏の背中を支えてくれていた。崖から突き落とすような強引な荒療治もまじえていたけれど。事故後、奏と一度も約束を交わそうとしなかったのも、奏の気持ちを察していたからだろう。

心中立てでも刑罰でもどうでもよかった。奏は、蒼斗と上辺だけで結んでしまった約束に後悔していただけだ。あまりに無責任な行動だったと悔いているから、誰かと契ることに警戒してしまう。約束の重みに、耐えきれない。清晴はバカじゃねえの、と言いつつ、決して、奏に約束を強いるようなことはしなかった。

「よく、四年間も私のそばに居続けたよね」

「べつに奏のためじゃないけどな」

「この前家に来てくれたのも、私のためじゃないの？」

「あんな変な電話無視してなんかあったら寝覚めが悪いだろ」

ああいうのやめろよ、とまで言われてしまった。

たしかに、琉生が事故に遭ったと思ってパニックになっていたからか、自分はずっと支離滅裂《しりめつれつ》なことばかり言っていたのだろう。

それでも、清晴はすぐに来てくれた。

そして、意識が戻った瞬間、彼の声が聞こえて奏は安堵した。

奏のためではなく清晴自身のためだとしても関係ない。むしろだからこそ、ありがたいと素直に受け取ることができる。

学生時代の清晴は、そんなに情が厚いようには見えなかったし、なぜだか自分は今の今まで、お人好しだなと軽く受け止めていた。

今になって、彼の存在に感謝する。

と、口に出すとまた清晴は怪訝な顔をするだろう。

注文したコーヒーがテーブルに置かれると、どこかからメールが届いたのか、清晴がスマホを手にして舌打ちをした。

「ったく、年度末になると仕事が増えるのはなんなんだよ」

クライアントから無茶な内容のメールでも届いたのだろう。しばらく無視だな、と清晴はスマホを手放す。奏ならすぐに対応してしまうだろうけれど、清晴は「そんなことしたら毎回無茶を通される」と毅然《きぜん》とした態度を通しているらしい。高屋が頼もしいと以前言っていた。

「あ、そうだ、清晴、どこかいい加工業者知らない？」

「なんで」

「高屋さんから、前に出した見積もりもうちょっと安くならないかって相談されたんだよねえ。でも納期もギリギリだから無理って加工業者に断られてさ」

年度末が近づいてきている今の時期、どこの現場も手一杯で難しい。デザイン会社に勤める清晴ならば、別の業者も知っているのではないか。と思ったけれど、

「この時期どこも無理だろ。それに現場にケチると今後の仕事にもよくねえぞ」

「無理かあ。まあそうだよねえ……」

うーんと首を捻って考える。

「利益率下げたら安くはできるけどな」

清晴の言う案もあるにはある。

「それはできないから、断るしかないかなあ」

無理して値下げすると、言えば安くなるのだとクライアントに思われる可能性がある。安易にこの値切りに屈するのは今後のためにも避けるべきだ。

「いいんじゃやね、それで」

目の前の清晴がふ、と口元を綻ばせた。珍しい表情に、少し驚く。

「昔の奏ならなんとしてでも安くしただろうな」

「……そう、かな」

たしかに昔の奏なら、利益を減らしてでも安くした見積もりを出したに違いない。相手の希望を叶えるには、それしか方法がないからだ。いつから、無理だという答えを出せるようになったのか。

「かわったな、奏も。そっちのほうがいいな」

「清晴に褒められると、変な感じ」

だらしなくにやついてしまいそうになり、気持ちを落ち着かせるため水を一口含んで喉を潤した。

「で、琉生とうまくいってんの」

突然琉生の話を切り出されて、水を噴き出しそうになる。こふこふと咳をして呼吸を整えてから「うん、まあ、穏やかに暮らしてるよ」と答えた。

「ふーん、よかったな」

よかった、のだろうか。いや、悪くないし、幸せではあるのだけれど。清晴に琉生とのことを話すのは気恥ずかしいからどう反応すればいいのかわからず戸惑う。

「蒼斗、結婚するんだってよ」

清晴は平然と、唐突に、言った。

話に脈絡がなさ過ぎる。

なのに、奏の頭は瞬時に冷静に清晴の話を受け止めた。

「――そっか」

清晴は、今まで奏の前で蒼斗の話を一切しなかった。事故について口にすることはあっても、蒼斗の名前は一度も出したことがない。清晴と蒼斗の関係は今も続いているだろうと思っていたのに、なんとなく清晴に騙されたような気分になった。なんだ、やっぱりふたりは今も連絡を取り合ってたんだね、と。

「ショックか?」

茫然としている奏に、清晴が問う。清晴の言葉を反芻して、咀嚼して、考える。

彼が言っているのは〝蒼斗が結婚する〟ことに対してだ。

「いや、びっくりしただけ、かな」

ショックではない。そんな気持ちは自分の中には存在していなかった。

事故の前から、蒼斗と奏のあいだに純粋な愛情はなかった。じゃあ、今はどんな気持ちかと問われても、うまく説明できないのだけれど。

清晴も蒼斗も自分と同じように過去を引きずって歩いていると思ったのに、気がつけばまわりに誰もいなくなっていたみたいな、そんな気分だ。

「二次会行きたいか？」

「――は？　行くわけないでしょ」

「なんで？」

なんでって、当たり前でしょ、と小さく反論する。

「蒼斗も彼女も気にしてないらしいけど」

「そういう問題じゃないよ。気まずいじゃん」

「奏が？　じゃあ、奏は今も気にしてんの？」

誘導尋問されているみたいだ。

「蒼斗を恨んでんのか?」

「なんでそんな話になるの」

むしろ、自分のほうが恨まれるべきだと思っている。

「小指を失ったのは、蒼斗のせいだろ」

「私のせいだよ」

「だとしても、蒼斗は奏を捨てたじゃねえか」

「……もともと終わってたんだよ、私たちは。知ってるでしょ」

奏や蒼斗よりも、そのことにいち早く気づいていたのは清晴だった。

だから清晴は事故のあと、蒼斗に憤り、疎遠だった奏を気にかけるようになった。

清晴はそれは自分のためだと言うけれど、よく考えれば清晴はなにも悪くないのに、
彼だけが事故後の尻拭いをしているようなものだ。

――『相手が奏じゃなかったら、そうしてただろうな』

不意に清晴の声が蘇り、心臓が跳ねる。

清晴はじいっと奏の心の中を探るようにまっすぐな視線を向けてくる。

「蒼斗はもう、前に進んでるんだぞ、とっくに」

暗に、奏は前に進んでいないと伝えている。奏は即座に「私も進んでるよ」とは言

えなかった。清晴は奏のその反応を見て、

「もう少し考えてみたら」

と言う。考えたところで答えはかわらないだろうけれど、奏は引き下がり頷いた。

「ちなみに俺も、来月引っ越すんだよな」

「そっかー……って、え？　え？　どこに……？」

聞き流しそうになってしまい、弾かれたように顔を上げる。

「九州。まあ、そこが本社じゃないからそのうち戻ると思うけど」

「なんで、急に」

「転職するから。年収今の三割増し」

クライアントの紹介で、今の会社よりもいろんな仕事のできる会社にヘッドハンティングされたらしい。九州支社でディレクターとして数年働き、ゆくゆくは本社に戻りより上のポジションに就けることがほぼ決まっているのだとか。いつからそんな話があったのかと訊けば、半年ほど前からだと清晴は言った。

先日、まるで自分がいなくなるようなことを言っていたのは、転職が決まっていたからだったのか。

「彼女と一緒に？　もしかして清晴も結婚、するとか？」

なぜか、蒼斗の結婚の報告を聞いたときよりも心臓が激しく早鐘を打っている。

奏の質問に清晴は目を瞬かせてから「あ、言ってなかったか」と呟く。

「結構前に別れてるよ。春？　いや、夏だったっけ？」

「なにそれ」

「なにそれって。別にいちいち報告することでもねえだろ」

最近も彼女のことを話題にしていたのだろう。説明するのが面倒だからと適当に話を合わせていたのだろう。わざわざ報告しなくてもいいけれど、嘘を吐かずに言ってくれたらよかったじゃないか。なぜか、そんなしょうもないことに苛立ちを感じる。

「奏との悪縁も、終わりが近いな」

コーヒーカップを手にしてしみじみと清晴が言った。

「結局、俺は奏が心配だったんだろうな」

「なんなの、急に」

「もう奏のそばでお節介できねえんだなと思ったら、いろいろ考えるだけだよ」

らしくない、やさしげな口調だ。どうして一生の別れのような空気を装うのか。離れていても連絡は取れるし、実家は近くなのだから会おうと思えば会える。なのにどうしてそんな愛おしげな目を向けてくるのか。

いつもは——清晴はどんな目で奏を見ていたのだろうか。

「蒼斗も奏も、本当にどうしようもなかったよな」

懐かしむように清晴は目を伏せる。口の端をゆるく引き上げて「でも、俺にはない必死さは嫌いじゃなかったな」と独り言のように言った。

「なんだかんだふたりに甘くなるのは、だからだろうな。でも蒼斗も結婚するし。今の奏もギリギリ安心だし、肩の荷が下りる」

「まるで保護者みたいなこと言わないでよ」

しかもギリギリとは。重苦しい空気になったのを吹き飛ばすように、清晴が片頬に笑みを浮かべた。だから奏も軽口を返す。

「さっさと独り立ちしてくれたら俺はもう奏の面倒見なくて済むのに、て思ってたけど、最近は今の奏となら一緒にいてやってもいいな、と思ってたよ」

なんでそう上から目線なのか。文句は浮かぶのに、それを声に出すことができない。

清晴がどういうつもりでその台詞を口にしているのかわからない。

「琉生が好きなのか？」

「え、まあ——うん」

「好きなら、まあしゃあねえよな」

仕方ない、とはなんなのか。

「琉生がいなかったら、一緒に来るか訊いてたんだけど」

ふ、とさびしげに笑い、清晴がコーヒーカップをテーブルに一旦戻した。そっと持ち上げられた視線がこちらに向けられ、奏の体に緊張が走る。

清晴は冗談で口にしているわけではない。奏をからかうつもりもない。

——それはつまり。

「清晴、私のこと、好きなの？」

恐る恐る清晴に尋ねると、彼は「んー」と斜め上を見つめてから、

「かもな」

と普段どおりの口調と表情で言った。

頭が真っ白になって、ただ目を見開いて座っていることしかできない。

かもなってなんだ。そんな言い方では奏も困る。

「んじゃ、俺行くから」

「え、ちょっと！　このタイミングで？」

コーヒーをぐいっと飲み干してすぐに立ち上がりレジに向かおうとする清晴を咄嗟に引き留める。まだ奏の頭は正常に働いていない。言いっぱなしで置き去りにしない

でほしい。立ち止まった清晴は怪訝な顔で奏を見下ろした。

「これ以上話したってなんもないだろ。なんだよちゃんとフラれないといけねえのかよ」

「いやフラれるとかそういうことじゃなくて、だって」

「奏」

おろおろしながらもしっかりと清晴の腕を掴んでいると、清晴が奏の名前を呼んで手に触れた。そのときはじめて、自分が左手で彼を引き留めていたことに気づく。清晴は、少し腕を払えば力の入らない奏の左手なんて簡単に剝がすことができるのに、ゆっくりとその手を解く。

「いつまでも同じ場所にはいらんねえだろ」

蒼斗も、清晴も、奏も。

それぞれがそのとき適した、そのとき求めている、求められている場所に向かう。

それが重ならないだけのこと。

「奏も、もう前に進んでるんだよ。この手で」

繫がる手のぬくもりに、心臓が痛くなった。四年間、一緒にいても清晴と触れあったことは一度もなかった。特に彼は奏の左手を嫌悪していると思っていた。

なのに、彼の手からは、あたたかいやさしさしか感じられない。

清晴はいったいいつから自分のことを好きだったのか。

事故に遭って個人的に連絡を取り合うようになってからだろうか。もしくは、蒼斗とつき合っているときからか。いや、もしかすると高校時代からだったかも。

「いや、いやいや」

それはない、と即座に自分で否定をする。

いやしかし、でもやっぱり、と同じことをぐるぐると考えながら午後の業務をこなした。見積もりのことは高屋に「どうなった?」と聞かれるまですっかり忘れていた。「これ以上は厳しいし、安くするなら納期を延ばしてもらうしかないです」とはっきり伝えたところ、「だよなあ」とあっさり話は終わった。この返事でもよかったんだ、とほっとして、また清晴のことを考える。

蒼斗の結婚の話も驚きはしたけれど、清晴の告白で吹き飛んでしまった。

会社を出てふと空を見上げると、暗闇にぽつんと迷子になったみたいに儚く灯る月が浮かんでいる。

蒼斗が、結婚する。

清晴は転職を決め、なおかついつのまにか、奏を好きになっていた、らしい。

そして奏も、今は琉生という年下の彼氏がいる。

四年の月日でかわったものが、四年目でよりいっそうかわっていく。

この場所からはどう頑張っても、同じ居場所には戻れないんだと思った。

◇◆◇

土曜日、琉生のバイト終わりに駅で待ち合わせをし、ふたりで出かけた。行き先は琉生の希望で、電車で二十分ほど離れた場所にある大きな公園だった。

すかっと晴れた青空で心地よい気候なのもあり、三時を過ぎた時間でも公園には多くのひとがいる。

「桜が咲いたらすごいひとだろうね」

のんびりと木陰を歩きながら、まだ咲いていない桜の木を見上げる。満開になれば壮観な景色が広がることだろう。桜並木というより、桜のアーチの下をくぐっているような気分になりそうだ。右手の芝生にも桜の木が植えられているのでお花見するのにぴったりの場所だ。

「奏さん、もしかして近くに住んでるのにここ来るのはじめて？」

「休日はやることがいろいろあったから忙しくて」

手をつないだ先にいる琉生が目を丸くして言ったので、言い訳をする。もちろん嘘ではない。家事が苦手だったために休日はたまった掃除や洗濯をする日になっていたのだ。といってもそれは、休日二日間のうち一日だけだ。残り一日はゆっくり過ごしたいとほとんど家に引きこもっていた。

「奏さんってインドア派なんだ。意外だなあ」

「そう？　昔から私は出不精だよ」

今ほどではなかったけれど、奏は元々それほど活動的ではない。友だちと遊びに行って楽しんでも、帰宅するとほっとするくらいには家が好きだ。

でも、こうしてぶらぶらと出歩くのも悪くないと思う。

これまでは通勤途中と駅と家のあいだにある公園の桜を見るだけで満足していた。ここは人の集まる場所だから、桜もより華やかに見えるだろう。

琉生がいなければ、この景色に目を向けることはなかった。なにより、となりに琉生がいるから、奏はよりいっそう視界に映るものをきれいだと感じている。

今、昔の友人がそばにいたらまた違った感覚になるのだろうかと考える。

事故の後、気遣われるのがいやで、友人とは連絡を避けるようになった。メールや電話を無視することはしなかったけれど、誘いを断り続けてすっかり疎遠になっている。

久々に会いたいな、と思う。みんなどうしているだろうか。

そう思うのは、四年という月日のせいもあれば、琉生という存在のおかげでもある。彼は、奏にいろんな気持ちを思い出させてくれる。

心地よい風が目の前を通り過ぎて、奏の前髪を揺らした。

「そういえば、写真撮らなくていいの？」

琉生が首に提げているカメラを指して言うと、琉生は「あー、うん」と歯切れの悪い返事をする。わざわざバイト先にまでカメラを持って行ったので、撮りたいものがあるのかと思ったけれど、彼はずっと奏の手を握っていてカメラに触れていない。

「琉生くんは普段どんな写真撮るの？」

「おれの写真なんか見てもあんまり面白くないよ」

そう答えつつも、琉生は少しなら、と言ってデジカメの画面を操作する。そして奏を道の端に誘導してからカメラを手渡してきた。画面には、電信柱と犬の尻尾だけが切り取られた画像が映し出されていた。

「野良犬？」

「たぶん。偉そうな顔して去っていった瞬間の写真」

ふ、と奏の顔に笑みが浮かぶ。

他には、寝ている犬や猫や、ビニール傘の中から見上げた雨空、地面に映る水たまりの中の青空、ときおり喫茶店のキッチンらしいものもあった。奏には懐かしい大学の写真もある。

きれいだな、と思う。

琉生の目には、世界はこんなふうに見えているのだろうか。そう考えるのは写真というものをよく知らない素人の考えなのかもしれない。

ただ、以前自分の写真を見せてもらったからか、琉生はてっきり人物を撮っていると思い込んでいた。けれど、映し出されるものはどれも風景か動物だ。

「どうかした?」

「え?　ああ、ううん。きれいだなって思って」

無言で見ていたからか、琉生が不思議そうな顔をして奏を覗きこんできた。

「教授の評価はあんまりよくないけどね」

「そうなの?　私は写真のことわからないけど、でも、きれいなのに」

「きれいなだけなら、それなりの技術があればみんな撮れるから」

そういうものなのだろうか。

「おれの写真には、おれが見えてこないんだって。これが撮りたかったのか、とか、なにが撮りたいんだって言われてばっかり」

自分で自分の撮った写真を見返しながら、琉生が呟く。

琉生はカメラを首に提げて、再び奏の手を取って歩きだした。ゆっくりと一歩一歩を踏みしめるように。

「写真を撮るのは好きだけど……なにを撮りたいのかはよくわかんないんだよなあ」

「写真を撮るのはなんで好きなの？」

「父親の影響じゃないかな。目に見えている光景を残すってのがいいなって」

奏の質問に、琉生の声色が少しだけ明るくなった。

「でっかく現像したら話は別だけど、普通写真って小さいじゃん。目に見えている世界よりも小さいから、目に見えているものよりも印象に残る形にするのが、いい」

なるほど。と奏はわかったようなわからないような返事をする。

奏は音楽学科なので、写真のことはもちろん、蒼斗や清晴が学んでいたデザインについても知識はない。それでも〝自己表現〟が大事なことはわかる。奏自身は音楽にすべてを捧げるほどの情熱を持っていなかったので、語れることはなにもないが。

「好きっていう気持ちだけじゃ、だめなの？」

奏にはそれで充分なんじゃないかと思った。情熱はなくても、奏は今でもピアノを嫌いだとは思わない。小指がなくなっても、ピアノを弾くのは楽しい。

「どうかなあ」

琉生は教授の言っていることが正しいのだと思っているのだろう。

歩くたびに、地面の土がこすれる音がする。ときおり、風が土をふるわせる音もする。そのくらい、ふたりのあいだから会話が消えていた。でも、目の前に広がる開放感あふれる景色のおかげで、空気は重くない。

気がつけば、鼻歌が漏れていた。

琉生が目を丸くして見てきたことでそのことに気づいたくらい、無意識だった。

「おれ、奏さんの写真が撮りたいな」

「え、なんで」

「奏さんが、かわっていくのを記録したい」

「なにそれ」

意味がわからず、奏が小首を傾げる。

「おれ、人物を撮るのが、いやだった。っていうか、いやになってたんだよね」

昔は好きだったんだけど、と琉生は言葉を続けた。

「父親が生きているときに撮った家族写真を見て、この姿はニセモノだったんだなって思ってからやめたんだ」

琉生は近くにいる人を見つめていた。親子連れもいれば、女の子の三人組、カップルもいる。いや、夫婦かもしれない。

琉生の父親が撮った家族写真は、琉生にとっても家族の証だったのだろう。血が繋がっていないとはいえ、母親と仲が悪いとは言っていなかったし、感謝もしていた。となると、過去の写真を見て、ニセモノだと感じたのは姉が原因だろうか。

この世には、奏の知らない家族がある。それは蒼斗のことで痛感した。

そして、清晴にも清晴の家庭の事情があった。家に両親が何日も帰ってこないという奏の家庭環境も、人によっては心配される。

今の奏は、昔の、無知なままでただ目の前のひとに寄り添っていた奏ではない。だからといって、琉生の気持ちを完全に理解できるわけではなく、わかったような台詞を口にするわけにもいかない。どんな言葉をかけるのが正解なのか、そもそも正解なんてものが存在するのかもわからない。

無言でいるのを、琉生がどう受け止めたのか、彼は奏の手を引いて立ち止まった。

「奏さんは……過去の事故からいろんなことがかわったと思うんだ」

たしかに、と心の中で同意をする。目に見えるものも見えないものも、かわっている自覚がある。

じっと琉生を見つめていると、彼はカメラを構えて奏にレンズを向けてシャッターを切った。カシャッとなにかが閉じて開く音が奏の鼓膜を刺激して、視界が弾けたような錯覚に陥った。

「おれ、奏さんに再会してすぐに、五年前のひとだって気づいたんだけど、でも、表情が全然違って、びっくりしたんだ」

あのときは蒼斗がいて、友だちもいて、なおかつピアノを弾いていた。なにより小指があった。今とは環境も状況もまったく違うので、そりゃそうだろう。

「だから、またかわるんじゃないかって」

琉生は期待を込めた眼差しを奏に向けている。

まっすぐに、目を細めて、奏の顔に過去の笑顔を重ねているのがわかった。

——なぜか、頭が冷えていく。

「どう、だろう」

はは、と乾いた笑いを浮かべて琉生から目をそらす。

琉生の言っていることは間違っていない。あの頃と比べたら今の奏はかわった。だから、今の自分がこの先かわっていくのも当然のことだ。

「帰ったら、おれ奏さんの演奏聴きたいな」

なのに、琉生の顔を直視できないのは、なぜなのか。

つながっている琉生の手は相変わらず奏の手をあたたかく包み込んでくれる。季節も冬から春へと移り変わりはじめ、気持ちのいい季節になった。

なのに、急に体が冷え込んできて、今すぐ家に帰りたくなる。

ふるふると頭を振って、奏は違和感を追い出した。そして、琉生の手をしっかりと握り返す。彼の存在を自分に感じさせるために。

「ねぇ、写真撮っていい？」

琉生に訊かれて、奏は「さっきもう勝手に撮ったのに？」と曖昧に笑いながら目をそらした。琉生は「ここからが本番」と言ってカメラを構えシャッターを切った。

それは、さっきのシャッター音とは打ってかわって、まるで今が終わって過去になった合図のように奏には聴こえた。

◇　◆　◇

年度末が近づいてきて、仕事の忙しさはピークに達している。普段はほとんど定時に帰ることができているけれど、毎年この時期はどうしても数時間の残業をしなければ業務が終わらない。残業がなくても心を落ち着かせる隙がお昼くらいしかなく、毎日疲れが溜まる一方だ。

けれど。

カシャと最近聞き慣れた音が聞こえて、体が震えた。

「また撮ったの？」

「せっかくだし」

今日は先週よりも少し遠くにあるショッピングモールに向かっていた。その途中にはグラウンドと広場があり、そろそろ開花しそうな桜の木が並んでいる。もうすぐだね、と呟いたと思ったら、彼は返事のかわりに写真を撮った。

琉生は、奏の写真をよく撮るようになった。家にいると、しょっちゅうシャッター音が聞こえてくる。どれも不意打ちを狙われるので、自分がどんな表情をしているのかはわからないし、琉生もそれをその都度奏に見せるようなことはなかった。

見せて、と言えば見せてくれるかもしれないけれど、奏は一度も言ったことはない。

一週間で一体何枚の写真を撮ったのかと思うほど琉生はカメラを常に手にして隙あらばシャッターボタンを押している。

けれどまさか、休日に写真のために外出しようと言われるとは思わなかった。

休日は二日あるのでまあいいかと琉生の誘いを受けいれて、昨日は観光地として有名なとなりの県まで出かけ神社を巡った。お参りをしておみくじを引いて、近くの商店街で食べ歩きをする。そのあいだ、琉生はほとんどカメラ越しに奏を見つめていた。楽しかったけれどそれ以上に疲れ果てて、帰宅後、琉生に演奏しているところが見たい、と言われたときは断った。

そして日曜日の今日だ。今日はとことん寝ようと決めていたのに、お昼前に起こされ昼食を食べたら買い物に行こうとスーパーではなくショッピングモールに連れ出された。今日はゆっくりしない？　と言ったけれど、せっかくいい天気だし、写真撮りたいし、休日は遊ばないと、と言われてそれ以上拒否できなかった。

正直、奏は二日間の休日を、とにかくのんびり過ごしたかった。来週もまだまだ仕事は忙しいので、体力を回復しておきたかった。けれど琉生は〝休日は出掛けなければ休んだ気にならない〟と言うくらい元気だ。これが六歳の年の差なのか、もしくは奏と根本的に性質が違うからなのか。

琉生はいつだって楽しそうで、そんな彼と一緒にいれば奏も幸せな気持ちになれる。だからといって、夜寝れば疲れが取れるほど奏は若くない。インドア派なので余計に。ふーっと息を吐き出して、せっかく外に出たのだからと、とりあえず新鮮な空気を吸い込んだ。春の匂いに、このまま目をつむっていたくなる。ここで昼寝ができたら最高だろうなあ、と思っているとまた写真を撮られた。

「桜が咲いたらふたりで花見したいな。桜の下の奏さんの写真も撮りたいし」

「まあ、晴れてたらそれもいいかもね」

カメラを構えて話しかけてくる琉生に返事をして、こっそりとため息を吐いた。

写真を撮ることに興味はなく、撮られることにも苦手意識はなかった。学生時代は友だちと出かければ記念にたくさんの写真を撮ったし、それを見返すのも楽しみのひとつだと思っている。

けれど、さすがにこれほどカメラを向けられるとどうしても意識してしまう。

はじめは緊張があったけれど、そのうち慣れるだろうと考えていた。もしくは琉生が飽きるか。

けれどその予想は外れた。奏が思っていた以上に琉生は写真を撮るのだ。慣れるどころか日が経つにつれシャッター音が鳴るとびくつくようになり、カメラを構えていなくても琉生の視線が気になって家にいても気が抜けなくなった。もう少し控えてほしいと何度か言おうとしたが、楽しそうにしている琉生を見て呑み込み続けている。

何回かのシャッター音を聞いているあいだに、目的のショッピングモールにたどり着く。店内ではカメラを構えることができないので、琉生はカメラから手を放して奏と手をつなぐ。

「どこ行く？　春服見たかったら言って。おれ荷物持ちするよ」

「そういえば店で服見るの久々かも。雑貨も見たいな」

「いいよ、行こう。おれが選んでもいい？」

少し憂鬱だった気分は、琉生の笑顔ですぐに吹き飛ばされる。

いくつかのショップで琉生は奏にいろんなアイテムを勧めてくれたが、なにも買わないまま二階に上がった。最近は決まった店のオンラインショップでしか服を買っていなかったので、見ているあいだになにを選べばいいのかわからなくなり、疲れてなにもいらなくなってしまう。買い物するにはリハビリが必要そうだ。

「琉生くんはほしいものないの？」

エスカレーターで背後にいる琉生を振り返る。一段下にいるはずなのに、琉生の顔は奏よりもまだ高い。

「おれはー……あ、マグカップがほしいかな。おれ、専用のやつ」

しばらく考えて、ぱっとひらめいた顔をしたと思ったら、頬を赤く染めて琉生が呟く。そのかわいい発想と反応に、目尻が下がる。

「それなら私もおそろいの買おうかな」

「え、なにそれいいじゃん」

琉生は目を輝かせた。そんなに喜ばれると、こちらまで恥ずかしくなる。

エスカレーターを降りて、雑貨が売っている店を地図で探し目指す。途中にある文具店の入り口に、『春休みセール』のパネルが立てられているのが目についた。社会人になると春休み、よりも年度末、の印象が強いこの時期、二週間前後も休める学生が羨ましくなる。大学生の休みはもっと長い。

「琉生くんはいつまで休み？」

「おれは四月の十日くらいまで」

「いいなぁ」

奏はゴールデンウィークまで長期休暇がない。ふと、琉生はその連休もすべて遊びに行こうと言い出すのではないかと想像してしまった。さすがにそれは困る。

セールの言葉に引き寄せられているのか、女子高生らしき女の子の三人組が文具店に吸い込まれていく。次に家族連れが。琉生と同い年くらいの男の子と両親だ。

それを見て琉生が、「あ」と声を出した。

「おれ来週実家に帰るね。日帰りだけど」

心なし、奏の手を握る彼の力が強くなった気がした。

「さすがに顔見せないと、母が鬼電してくるから。日帰りだとそれはそれですごい文句言われるんだけどね。実家に姉がいなかったら……いや、でも、どうかな」

琉生の表情からいろんな想いが渦巻いているのが透けて見える。

蒼斗も、よく同じような顔をしていた。母親に対しての不満と怒り、そして感謝を抱いていた。おそらく負の感情を自分で打ち消し鎮めていたのだと、奏は思っている。当時はそれが蒼斗のやさしさのように感じていた。けれど、思い返せば、奏は蒼斗の本音をほとんど聞いたことがない。愚痴や弱音とはちがう、ありのままのむき出しの感情は、蒼斗の中にもあったはずなのに、あの頃の奏は考えたこともなかった。

どこにも吐露できない感情は、ただただ蓄積されるのを、奏は知っている。

琉生にはそんな思いを抱えて欲しくない。

「──全部吐き出しても、いいんだよ」

歩く速度を落として、半歩前の琉生に呼びかけるように言った。え、ときょとんとした顔で振り返った琉生に「溜めてるものがあるなら」と言葉を続ける。

「相手のことなんか気にしないで、支離滅裂になってもいいから、自分の感情だけを優先することがあってもいいんじゃないかなって」

「奏さんにそんなことできないよ」

「私にしてもいいけど、私よりも、本当に言いたい人に言ったほうがすっきりすると思うよ。勇気がいると思うけど」

　これまでの奏なら、きっとこんなことは言わなかっただろう。

「奏さんが、そんなこと言うとは思わなかった」

　琉生は驚いた顔をしていた。

「琉生くんが思うよりもずっとたくさんのことを琉生くんはできるし、してもいいんだって、琉生くんに知っていてほしいなって」

　蒼斗は母親から目をそらし、できるだけ事を荒立てないように静かに離れようとしていた。でも、面と向かって怒り、叫び、拒絶し、決別することができた。これしか方法がないと思っても、自分にできることは無数に存在するのかもしれないと、奏は思う。

「あとからほかの結末を望むのは、ああすればよかったこうすればよかったって悩むのは、そのとき、ほかの道が存在してたってことなのかもしれないなって」

違う道を選ぶことによって、最悪の結果をもたらす可能性もある。よかれと思ったことが本当にいいのか悪いのかは、未来の自分にしか判断ができない。

奏と琉生のそばを、ひとりの少年が走り去って行った。その姿を目で追っていると、曲がり道で足を止めて進むべき道に迷い、右に曲がって行く。その直後、正面から両親と妹らしき三人がやってきて少年に声をかけた。

戻るか、進むか、別の道で元に戻るか。

少年はどの方法を選ぶのだろう。

「ねえ、奏さんの好きな色はなに？」

さっきまでの会話を吹き飛ばすような弾んだ琉生の声に、「え」と顔を上げる。

「おれはカラフルなマグカップがいいんだけどさ」

「あ、そうだね……私は青緑かな」

「あー、いいね」

奏の話を強制終了したいんだと、満面の笑みを向けてくる琉生を見て察する。なにか気に障ることを言ってしまったのだろうか。不安で視線を揺らすと、どうしたの、と琉生がしっかりと奏と目を合わせて聞いてきた。

「……ううん、なんでもない」

ふるふると首を左右に振って、気のせいだと思うことにした。

「店、結構遠いね。っていうかここが広すぎる」

そうだね、と相槌を打って、目的の店を探す。建物のはしにあるのでなかなかたどり着かない。広いショッピングモールはなんでもあるので便利だけれど、かなりの距離を歩かなければいけないのが大変だ。

だからこそ、思いも寄らない店に出会えたりもする。

左右の店をなんとなしに見ながら歩いていると、とある店で奏の視線が止まった。足を止めると、つられて琉生も立ち止まる。

革製品を扱っている雑貨屋のようで、ショウケースには名刺入れやキーケース、コインケースが並んでいる。革は使っているうちに艶が出てくるのだとそばのパネルに書いてあった。

似合いそうだな、と奏の脳裏にイメージが湧く。

「かっこいいね、これ」

「うん……清晴にいいかも」

琉生に話しかけられて、無意識に返事をしてから、あ、と我に返る。

「なんで急にあのひと？」

琉生の表情に不満が滲む。

「いや、清晴、転職して引っ越しするらしいから、今までのお礼に」

「ふーん。そうなんだ。遠くに行くの？」

「うん。たぶん、もう、今みたいには会えなくなると思う」

言葉にして、喉が萎んだ。声が震えていたかもしれない。幸い琉生はそれに気づかず、「そっか」と安堵したように息を吐き出して「じゃあおれも選ぶよ。お世話になったし」と一緒に商品を見てくれた。

思わず清晴を思い出してしまったけれど――清晴に渡してもいいのだろうか。

清晴と最後に会ったのは、蒼斗の結婚と清晴の転職、そして清晴からの好意を知った日が最後だ。あれから、清晴は喫茶店にも来ていないし、メッセージも一度も届いていない。奏から連絡するのも躊躇われる。そんな自分が、清晴に形に残るものをあげるのは、あまりに無神経なのではないだろうか。

「でもさあ、あのひと、なんであんなに奏さんにかまうの？」

へっ、と上ずった声を発してしまい、琉生が「え？　なにその反応」と訝《いぶか》しげな視線を向けてきた。

「いや、清晴はただのお人好しっていうか、お節介っていうか」

「前と反応違いすぎるじゃん。それに、なんとも思ってないひとのために、わざわざ急な電話で家まで来る？」

琉生の声色がやや不穏なものになっていくのがわかった。怒っている、というよりも拗ねている。嫉妬、とは少し違うように感じるのは、この場をどうにかしたいという自分の気持ちのせいだろう。

ショウケースに指紋を刻むみたいに、手に力が入る。なにか言わなくちゃいけないのに、どう誤魔化せばいいのかわからず口ごもると、琉生が「やっぱりそうなんだ」とむすっとした顔を見せた。

「昔から好きだったんだよ。じゃないと何年も奏さんを気にかけたりしないよなあ」

「それは、ないと思うけど」

奏も琉生と同じようなことを考えたりもしたけれど、少なくとも四年前、奏の病室に来て鋭利な言葉をわざと口にした彼は、奏に友情ほどの好意もなかったはずだ。

「好きだから落ち込んでいる奏さんを放っておけなかったんでしょ」

そんな気持ちだったら、きっと奏は清晴を本気で避けていたはずだ。

自分のため、と清晴は言っていた。その言葉に嘘はなかった。奏を慰めることはなく、奏の悪いところばかりをあげつらって、奏への苛立ちを隠しもせず口にして、奏が凹んでも怒っても、それでも生きていけと背中を押し続けた。

清晴は、奏と同じ立場にはおらず、常にそばにいてくれたわけでもない。奏を突き放し、ときに前に立って奏をバカにし、ときに背後から蹴り飛ばしてきた。そこに奏は愛情を感じたことはなかった。

――でも、いつからか、奏は清晴からの懇篤《こんとく》をたしかに感じていたはずだ。

遠くで、子どもの泣き声がした。振り返ると、親とはぐれたのか五歳くらいの男の子がわんわんと泣きながら歩いている。そばにいる店員がちらちらと子どもに視線を向けて、しばらくすると警備員らしきひとがそばに駆け寄り子どもを連れて歩いて行った。子どもはまだ怖がっている様子で、ママ、ママ、と叫んでいる。この場から動きたくないんだろう。

奏はそれを見つめて、再び琉生に視線を向ける。

「おれが、傷ついたときの奏さんのそばにいられたらよかったのに」

歯噛みして悔しさを滲ませながら琉生がぽつりと呟いた。

「あの頃の私だったら、琉生くんは私なんかに見向きもしないと思うよ」

「そんなことない。だって、そのときの奏さんは、傷ついていただけだろ。おれがそばにいられたら――」

そこまで言って、琉生は子どもが泣いていた方向を見た。

「きっと今の奏さんは、さっきの子と一緒に親を探していたはず」

瞬きを忘れて琉生を見つめる。心臓が妙な動きをしはじめた。喉が萎んで息苦しさを感じる。それでもなんとか声を絞り出して、「この店はやめる」と背を向けて歩きだした。

振りほどきたいのに、奏の左手は未だに琉生にしっかりと握りしめられている。

琉生はいつも左側にいる。いつも、奏の左手を取り絡ませる。

「奏さん？」

呼びかけてくる琉生の声が愛おしいと思う。

なのに、体の奥から違和感が湧き出てきて、気持ちを黒く塗りつぶしていく。

◇◆◇

電車に揺られながら、琉生は奏の写真を見返していた。

この二週間で、琉生のカメラのデータは奏一色になっている。テレビを観ている姿に、ソファでうたた寝をしている姿、キッチンでお茶を飲んでいるときもあれば話している最中の笑顔もある。いろんな奏の表情を見たくて、外出もした。そのどれを見ても、琉生は頬が緩む。奏のそばに自分がいることがうれしくて仕方がない。

――けれど、どの写真も、琉生が撮りたい奏の姿ではない。

小さく頭を振って、カメラの電源を落とす。まだつき合って一ヶ月で、写真を撮りはじめて二週間ほどだ。焦ることはない。そのうち奏はカメラにも自分にも心を許してくれるはずで、そのために自分がそばにいる。

そう言い聞かせて窓の外を見る。

実家に向かう電車は、平日の午前中ということもあり空いていた。ふたりがけ席の窓際に座っていた琉生は、こてんと頭を窓ガラスにあてる。車窓から見える景色は、三ヶ月ぶりだ。住宅街を通り過ぎると山に近いからかのどかな雰囲気にかわり、トンネルに入る。

家が近づくにつれて、気分がどんどんと重くなっていった。

高校生の頃から帰り道はいつも気が沈んだ。大学に入って家を出てからは、この電車の中で過ごす時間が息苦しい。離れれば離れるほど、それに比例して憂鬱さが増していくらしい。

目的の駅で電車を降りてバスに乗り込むと、母親にメッセージを送った。母親は琉生の連絡を待っていたのか、すぐにＯＫの文字を持った熊のスタンプが届く。十分ほどバスに揺られて、降りる。そこから五分ほど歩くと琉生の実家が見えてきた。

もともと父親と住んでいた家に義理の母親と姉が暮らすことになったので、琉生にとっては生まれたときからの住み慣れた家だ。

けれど、今はもう他人の家のようにしか感じられない。

入り口の季節の花も、かわいらしい表札も、新しい車も。琉生の記憶の家にはない。高校生までこの家で暮らしていたのに、琉生には父親とふたりで暮らしていた、以前の家の姿しか思い出せない。

門に手をかけて、深呼吸をしてから足を踏み出した。

「ただいま」

「おかえり、琉生」

門を開ける音ですでに気づいていたのか、すぐに母親がリビングからやってきた。お昼ご飯はナポリタンを準備してくれているらしく、トマトの酸味ある匂いが鼻腔を擽る。

「ちょっと痩せたんじゃない？　ちゃんと食べてるの？」

ボブの髪の毛を揺らして母親は琉生の様子をまじまじと観察する。

「大丈夫だよ」

「ちゃんと大学には行ってるのよね」

「もちろん。ちゃんと四月には四年に進級できるし、実技以外の単位は取れてるから卒業もできるよ。あとは就職するだけ」

玄関先で落ち着く間もなくあれこれと質問をされて、琉生は苦笑しながら答えた。

「まあ昔から琉生はいい子だったから、大丈夫だとは思ってるんだけどねえ」

でもねえ、と母親は頬に手を当てて心配事を続けた。

突然中学生男子の母親になったにもかかわらず、実の息子のように心配し小言を言う母親のことを琉生は心から尊敬し感謝している。私立大学に行きたいと頭を下げてお願いしたときも「なにしてるの！」と琉生に怒鳴った。そして「なにを気を遣ってるの」「お金の心配ならやめてよね」「息子のためにお金を使うのは当然でしょう」と言った。

自然に琉生を〝息子〟と呼んでくれた。なのに、そのときの琉生はうれしい、よりも、申し訳なくて、こんなことなら私立に行きたいだなんて言わなければよかったと思った。

どれだけ母親に息子だ家族だと言われても、その気持ちを信じていないわけではないのに素直に受け止めることができない。

――『琉生は本当にいい子ね』

母親は口癖のようにそう言った。

――『自慢のいい子なの』

近所のひとにそう言っていたのを聞いた。

琉生は母親にそう思われるように〝いい子〟であろうとしていた。だから、母親は琉生を息子だと受けいれてくれた。

もしも琉生が〝いい子〟でなければ、母親は自分を認めてくれただろうか。

その疑問は、いつもつきまとう。きっと、この先もずっと。父親が健在だったならば、なにかが違っていたかもしれないと、そんな無駄な〝たられば〟を想像することをやめられない。

「就職は家から通えるところにするの？」

「まだそこまで考えてないよ。っていうかまずお昼食べさせてよ」

「ああ、そうね。初花《はつか》、琉生が帰ってきたからお昼にするわよ！」

靴を脱いで家にあがると、母親が玄関のとなりにある階段を見上げて呼びかける。

初花という姉の名前に、琉生の思考が停止する。

どうして、姉が家にいるのか。

今日は平日だ。わざわざ母親の有休を先に確認して平日に帰ることにしたのは、姉と顔を合わせないためだったのに。なぜ働いている姉が在宅しているのか。

まずい、と焦りで硬直してしまう。

「はいはーい」

二階から声が聞こえて体がびくついた。そろそろと振り仰ぐと、姉が眠そうな顔で階段を降りてきて、琉生を見ると「おかえり」と声をかけてくる。

姉と顔を合わせるのは、どのくらいぶりだろうかと戸惑いながら「ただいま」と答えた。少し声が裏返ってしまった。

「なんか久々だね、琉生」

「あ、ああ、うん」

姉はくあっと大きな欠伸《あくび》をして琉生の横を通り過ぎていく。昔は長かった髪の毛が今はショートカットになっていた。パジャマ姿で化粧もしていない姉は、髪型以外は昔となにもかわっていないように見える。仲がよかった、いや、琉生が一方的に仲良くしようとしていた頃の、姉だ。

「ほら、ご飯にしましょ」

動揺を必死に隠して母親のあとに続いてリビングに足を踏み入れる。ダイニングテーブルにつくと、顔を洗った姉は琉生のとなりに座った。姉が高校生になってから一緒にご飯を食べる機会が減っていたので、久々に並ぶと落ち着かない。姉がどんな顔をしているのか確かめるのが怖くて、視線はずっとテーブルに落としていた。

「はい。粉チーズちょっと待ってね」

母親がナポリタンをテーブルに並べる。琉生の大好物のひとつだ。ピーマンとタマネギとウインナーがたっぷり入っていて、酸味が強い。ただ姉はトマトが嫌いだと言っていた。自分の記憶がおかしいのだろうかと思うくらい姉はスムーズに口に運ぶ。その意外な様子に、ついじっと見つめてしまった。

「なに？」

「い、いや……」

「なんなの、今日ずっと口ごもってない？」

小馬鹿にしたように姉が笑う。

中学生の頃、姉はいつも年下の琉生に偉そうに接してきた。姉としての威厳を見せつけていたつもりなのかもしれない。

けれど、それは父親が亡くなるまでのことだ。

食事のあいだ、母親は琉生の現状をあれこれと確認し、それが終わると最近ソファを買い換えようと思っているとか、仕事場に新しく入ってきた社員にうざがられていないだろうかなどと喋っていた。よく喋る母親のおかげで、姉とのあいだにある微妙な空気を感じずに済み、琉生は息子として母親の話に耳を傾け相槌を打ったり、冗談を返したりする。

「ごちそうさまー」

一足先に姉が食事を終えて、テレビの前に移動しごろりとソファに寝そべった。

「琉生、いちごあるけど食べる？」

「あ、うん。じゃあおれ洗い物するよ」

自分も食べおわるとテーブルに残されているお皿をまとめて流しに運ぶ。

「せっかく帰ってきたんだからゆっくりしてもいいのに。初花みたいに毎日家にいるのになんにもしないのは困るけど」

「琉生は昔からすすんで家事をやってたよね。偉いわあ」

名前を出された姉がテレビのリモコンを操作しながら心のこもっていない声で言う。

姉は昔から母親をあまり手伝うことがなかった。三人家族になってからは受験を控えていたので遅くまで予備校に通っていたし、短大に入学してからはバイトや遊びで忙しそうだった。琉生と顔を合わせたくない、という理由もあっただろう。

かわりに家事を手伝ったのが琉生だ。母親に琉生を家族として、息子として受けいれてもらうにはせめてそのくらい価値のある振る舞いをしなければならないと思っていたからだ。

素早く洗い物を終えると母親が冷蔵庫からいちごを取り出したので、琉生はそれをさっと水で流して器に盛る。ローテーブルに運んで姉から離れたソファのはしに腰を下ろし、姉がいちごに手を伸ばすのを待ってから琉生もフォークを摑む。

今日一日、この家で過ごせるのだろうかと不安でたまらない。姉がいなければ母親と話をしたり買い物につき合ったりして過ごせたけれど、姉がいる場合どうすればいいのか。

「ちょっと初花。いい加減着替えてきなさいよ」

未だにパジャマ姿の姉に母親は顔をしかめた。

「仕事が休みだからっていつまでもだらだらして」

「休みなんだからだらだらするんでしょー」

姉は母親の小言に慣れているのか、まったく悪びれる様子がない。そのやりとりは、琉生にはできないものだ。この家の中で、たったひとり他人である琉生には、どうしてもふたりの輪に入れない。

黙っていたほうがいいだろうと無言でふたりの会話に耳を傾けていると、姉に「なんで琉生そんな静かなの」と突然話しかけられる。

「久々なんだからなにか姉に報告とかしないわけ？」

姉が自らを〝姉〟と呼んだことに、胸にぽたりと黒い雨が落ちてきた。じわりと染みこんで広がっていくそれを必死に拭い、顔に笑みを貼りつけて「なにもないよ」と答える。

「っていうか、姉さんも今日、仕事休みだったんだね」

「たまたまだけどね」

姉は意外にも目を合わせて返事をしてくれた。以前は、琉生と一切言葉を交わさず、琉生の顔を見ると嫌悪を隠しもしなかったのに、今は平然と、くつろぎながら琉生と話を続ける。

「店長の権力使ってシフトかえてもらったの」

シフト、という言葉に疑問が浮かぶ。

「琉生、あんたわたしの仕事忘れたの？」

ぽかんとしていたことに気づいた姉が目を吊り上げた。忘れた忘れていない、という前に、姉の就職先を琉生は知らない。短大を卒業したところで、情報が止まっている。

「初花は百貨店で働いてるのよ」

琉生がなにかを答える前に、母親が教えてくれた。全国に展開しているファッションブランドのショップ店員らしい。これまで姉を避けるために平日にしか帰省していなかったけれど、そのとき姉が仕事でいなかったのは偶然だったようだ。

母親が姉についてなにも言わなかったのは、琉生と姉の関係に気づいていたからだろう。いつか今日のように会えたらいいと思っていたのかもしれない。

「知らなかったの？　てっきり知ってると思ってた」

「わ、忘れてた」

「嘘つけ」

姉にすかさず突っ込まれた。そんな姉の砕けた態度にも、驚く。

父親がいた頃のようなやりとりに、ついていけない。

――琉生を突き放したのは、姉のほうだったのに。

父親の再婚により家族になった初花は、出会ってすぐ琉生の姉として振る舞った。

『ちょっと一緒にゲームしようよ、暇』『なに本気になってんのよ！　姉に遠慮しなさいよ！』『琉生、お茶取ってきて』

母親に『もう、なんで初花はそんなこと言うの！』と叱られても『わたしは姉で琉

生が弟だからでしょ』と飄々と答えていて、

『いいよ母さん。姉さんは怠け者でいつもこうだから』

琉生が姉の文句を言いつつ笑って従っている姿に、両親はうれしそうにしていた。姉のおかげで、四人家族として新しいスタートをスムーズにはじめられたんじゃないかと琉生は思っている。

よく一緒にテレビを観て口げんかをして、姉のワガママにこたえていた。琉生は姉のことを、心から慕っていて、父親の写真にはいつも笑っている琉生と姉が写っていた。

けれどそれは、ニセモノだった。

父がいなくなってから、姉は琉生に冷たい態度をとるようになった。家の中で話しかけられることがなくなり、同じ学校だからと忘れ物を届けたら『もうこんなことしなくていいから』と睨まれた。廊下ですれ違っても、目を合わせてくれなくなった。

その原因を知ったのは、夏休みに入る前だ。

『琉生のせいで、友だちに変な目で見られる』

夜遅くに飲み物を取りにリビングに入ろうとしていたときに姉の声が聞こえて、琉生はその場から動けなくなった。

『そんなの気にしなければいいでしょう』

『でも、琉生も変じゃない？　普通姉と同じ高校選ぶ？』

『初花も喜んでたじゃないの』

『あのときは、そうだけど。……ねえ、お母さんから言ってよ。わたしにかまわないでって。なんか、媚《こ》びられてるみたいでいやなんだよ』

はあっと母親が呆れたようなため息を吐いたのがわかった。

『媚びるってそんなわけないでしょう。琉生は初花の弟なんだから』

『血は繋がってないんだから、弟じゃないでしょ』

『初花！』

滅多に声を荒らげない母親の大きな声に、空気がピンと張り詰める。その直後、リビングにはしばらく沈黙がうずくまっていた。

『もういい』

姉は母親にそう言い捨てて廊下に飛び出してきた。ドアの先にいた琉生と鉢合わせた姉は、琉生を見て一瞬表情を歪ませ、そして、

――『琉生を家族だと、思ったことはなかった』

と冷たい声でささやいてその場を立ち去った。

血の繋がらない男女の姉弟を、揶揄《やゆ》してくるひとたちのことを、琉生は深く考えて

いなかった。もしくは、姉弟というものに、琉生は夢を抱きすぎていたのかもしれない。四人家族が三人家族になっただけだと思っていた。多少の不安は抱いていたけれど、母親も姉もやさしくしてくれたから。でも、二人家族にまったく関係のない自分が紛れ込んでいるのだと、姉はそんなふうに自分を見ていた。もしかしたら、母親も口にしないだけで、同じ気持ちかもしれない。

そう考えたら自分の立っている場所は薄い氷の上なんだと気づいて、不安で胸が押しつぶされそうになった。

どうしたら、なにをしたら、この家においてくれるのだろうか。

その悩みを笑顔で吹き飛ばしてくれたのが、奏だった。

母親の手伝いをし、姉を不快にさせないように息を潜めて過ごす。家族のフリをして、おまけでもいいからこの家にしばらく置いてもらえるように。そのために、琉生は母親と姉の求める振る舞いを心がけた。

「なにぼーっとしてんの、琉生」

「え、あ、いや」

弾かれたように顔を上げて返事をする。ソファに横になっている姉は琉生を見て「いっつもそんなぼーっとしてんの？」とバカにしたように鼻で笑う。もう何年も見せてくれなかった姉の笑顔は、琉生の気持ちをどんどん重くさせる。

もしかしたら、お互いに成長したことで姉は自分を家族だと感じてくれるようになったのかもしれない。それは喜ぶべきことなのだろう。それを求めていたはずなのだから、うれしく思うべきだ。

なのに、そんな感情は琉生の中に芽生えなかった。

姉と母親はその後も楽しげに話を続けていた。琉生は話しかけられたら返事はするけれど、ほとんど無意識で、なんの話をしているかまったく耳に入ってこなかった。

しばらくすると母親がよっこいしょ、と腰を上げる。せっかく三人で晩ご飯だから今夜はすき焼きにしましょう、新鮮なお肉を買ってこなきゃ、と言って出かける準備をしはじめた。一緒に行こうと立ち上がろうとすると、

「初花も家にいるし、琉生もゆっくりしてなさい。ふたりで過ごすのも久々でしょ」

にこやかに言われてしまう。自分よりも先に姉がいやがるかもしれないと思ったけれど、姉は「デザートも買ってきて」とリクエストを伝えるだけだった。

リビングに取り残された姉とともに、母親の乗る車が去って行くエンジン音を聞く。

そして、家の中はシンと静まりかえった。テレビではワイドショーが流れているのに、

息苦しいほどの静寂に包まれている。

ちらっと姉の様子を窺うと、テレビを真顔で見つめていた。

「もうちょっと家に帰ってきてあげなよ、琉生」

そのままの姿で、姉が口を開いた。

「お母さんいっつも琉生の心配してんのよ。彼女と同棲してるにしてもせめて家くらい教えてあげなよ」

よっこいしょと体を起こして姉が琉生と目を合わせる。

一緒に住んでいた頃の冷たいものではなく、かといって父親がいたときのようなものでもない。仕方ないなと呆れた様子で、まっすぐに琉生を見る姉の表情は、今まで見たことのないものだった。

気持ちが悪い。不快感で胸焼けがする。

「なに……言ってんの？」

「なにが。もうちょっと帰ってきなって言ってるだけでしょ」

「帰ってくるなって言ったのは、姉さんだろ！」

三年前、大学に入学する直前、琉生が実家から通うことになると知った姉は、あからさまにいやそうな顔をした。

「家族でいたいなら、家の中で息を潜めて——って、言っただろ」

短大を卒業して春から就職するのに、家の中でも神経を使うのはいやだと姉は言った。家事をあれこれ手伝ってどうにか取り入ろうとしている感じがいやだ、とも言った。

ぐっと両手を組んでいると、力が入りすぎて手の甲に爪が刺さった。

「……それは、あの頃はわたしもいろいろあったのよ」

姉は一瞬弱気な態度を見せたけれど、すぐに調子を取り戻して突き放すように返事をする。その開き直った態度に、唇を噛む。

「姉さんに会ったらダメなんだと思って、おれは……。なのになんで今さら」

「仕方ないでしょ、あの頃はわたしだってキツかったんだから。同級生には下世話なウワサされて笑われて、彼氏にまで疑われて」

「知るかよ!」

姉がどういう状況なのか、同じ高校に通っていたのだから琉生の耳にも入ってくるし、似たようなことは琉生にもあった。だからこそ、姉の邪魔にならないように過ごそうとしていた。

姉が、今自分の目の前に〝姉〟として座っていることに、苛立ちしか感じない。悪びれもせず家に帰ってこい、なんて、どうして口にできるのか。

「なんでそんなに怒るの」

「姉さんが勝手だからだよ……！」

絞り出すように発した声は思っていた以上に大きく響き、それが引き金となって感情の歯止めがきかなくなった。なんとか必死に押さえ込もうとすると息苦しくなる。

「勝手に、おれを家族から閉め出して、勝手に自分だけ、吹っ切れた顔して」

「閉め出したわけじゃない」

姉は眉根を寄せて苦痛に耐えるような表情をする。

「そうじゃないならあの台詞はなんだったんだよ」

鼓膜にこびりついて離れない台詞は、これまで何度も琉生の胸を切り刻んだ。

「おれを家族だと思ったことはないって、そう言っただろ」

「琉生だって、わたしたちのこと家族だと思ってなかったでしょ！」

勢いよく立ち上がった姉が甲高い声で叫ぶと、琉生の鼓膜がキンと震えた。なんでそんなことを言われなくちゃいけないんだと睨むと、姉は目に涙を溜めて琉生以上に琉生を睨んで見下ろしている。

「お母さんの機嫌を損ねないように気を遣って、友だちと遊びもせず家事を手伝って、わたしの様子を窺って、なにを言っても怒らず言いなりだったたじゃない」

「だ、って」

「琉生の態度はずっと他人だったのよ。お母さんのこともわたしのことも信じてなかった。お父さんがいたときから、家族としてわたしたちを認めてなかったのよ」

姉は、泣いていた。苦痛に顔を歪ませて、琉生にぶつけている言葉で自分を傷つけているみたいだった。

それが悔しくて、琉生の体が震える。勝手すぎる言い分に腹が立って仕方がない。

「今さらなんだよ」

姉は今、おそらく琉生を弟として見てくれているのだろう。

ずっと、それを求めていた。

けれどもう、むなしさしか感じられない。

「おれのこれまでを、返してくれよ……」

姉に嫌われないように、母親にとって少しでも役に立とうとした高校生活。

姉と顔を合わせないように家から離れた大学生活。

たくさんのものを天秤にかけて捨ててきた。なにも考えずに友だちと笑うとか、家で自由気ままにくつろぐとか、かわいいからとか気が合うからとかいう理由でひとを好きになるとか。

今さら家族面されたところで――琉生が手放したものは、もう二度と、戻らない。

「うんざりだ。本当に、もううんざりだ」

頭を振って、笑う。

「琉生」

姉の手が伸びてきて、それを反射的に振り払った。

「帰る」

「え、で、でも、お母さんが」

「そのくらい誤魔化してよ。そのくらいしてくれたっていいだろ」

すっくと立ち上がり、リュックを摑んで玄関に向かう。背後で姉が慌てた様子でついてくるのがわかった。琉生、と何度も呼びかけてくる。それを無視して靴を履いてドアに手をかけると、姉の手が琉生のジャケットを摑んで引き留めてきた。

「琉生、ごめん。言いすぎた。わかってる、わたしが悪い、だから」

琉生は振り返らなかった。もういいからと拒絶したいのにできないのは、まがい物でも家族として過ごしてきた時間のせいだ。姉の震える手のせいだ。

「わたしも、琉生と家族になりたかったんだよ」

そんなことはどうでもいい。どんな理由があったとしても、離れていたあいだに勝手に過去のことだと水に流し家族として振る舞われても、琉生の心にはなにも響かない。

今さら琉生が喜んで姉と家族になると思ったのか。

ふざけるなと思いのままに叫びたい。けれど、絶対に言いたくない。

奥歯を嚙みしめて、ドアを開けた。外に大きく足を踏み出すと、思ったよりも簡単に姉の手が剝がれる。そして、姉の声はドアが閉まる音にかき消された。

実家の滞在時間はたった三時間弱だった。帰りの電車の中で母親からメッセージが届き、急に帰ったことに文句を言われ、琉生は必死に感情を抑えて謝罪をした。

とにかく今は、奏に会いたかった。

五年前の、あの笑顔を見せてほしい。


けれど、家に奏の姿はなかった。

◇◆◇

「……疲れた」

家の最寄り駅に着いて腕時計を見ると、時間はすでに八時半。今日は琉生がいないからと家で待つひとのことを考えずに残業をした。晩ご飯を食べて帰ってくると言っていたので、まだ帰宅していないだろう。

体に疲れがたまっているせいで昼を過ぎると眠くて仕方がないし、仕事の効率も悪くなっている。なのに業務は増える一方だ。年度末なんてなくなってしまえばいいのに。

とにかく、今週末は絶対に家にいよう。そう気合いを入れるとスマホが小さく震えた。

琉生が帰ってきたのだろうかと思ったが、表示されている予想外の名前に足が止まる。あれから一度も連絡を取っていなかった清晴だ。おまけにメッセージだと思ったら電話で、手の中でスマホが震え続けている。清晴は電話が嫌いで滅多にかけてこないのに。

「……はい」

緊急の用事だろうかと、緊張しながら電話に出ると「うわ」と驚いた声が返ってきた。

「もう出ないと思って切るところだった。さっさと出ろよ」

清晴の口調は今までとなんらかわらない、素っ気なくてぶっきらぼうだった。そのことにほっとして笑ってしまう。

「どうしたの、電話なんて珍しい」

「引っ越しの日を伝えてなかったから、伝えとこうと思って」

清晴の口から〝引っ越し〟の言葉が出ると、本当に清晴がいなくなるんだと実感してさびしさを覚える。遠く離れても、一生会えないとか、連絡が取れなくなるわけでもないのに。けれど、清晴はこの先、もう会ってくれないし連絡もしてくれないかもしれないと思った。だからこそ、清晴は奏への好意を口にしたんだと気づく。

「いつ、行くの？」

奏の声色になにかを感じたのか、清晴が電話越しに呆れたように笑った。

「奏、この前の気にしてんの？」

「そう、いうわけじゃ……」

「別に深い意味はないから忘れろよ」

深い意味がないとはどういうことなのか。軽い言い方にムカつく。奏にはすぐに忘れられるようなことではない。

だって相手は、清晴なのだから。

「琉生と、うまくいってんだろ」

「……そうだね。うん、楽しく過ごしてるよ」

清晴から今日まで連絡がなかったのは、おそらく気まずいとか顔を合わせるのがいやだとか、そういう理由ではなかったのだろう。引っ越し前で忙しかっただけだ。そう考えるとムッとして「めちゃくちゃ楽しいよ」となぜか張り合うように強調する。

「平日はのんびり過ごして、休日になったらふたりで出かけて――」

「繁忙期に出かけてんのかよ。元気だな」

清晴にとっては何気ない台詞だったのだろう。でも、一周回って嫌みかと思った。

「琉生くんの、うれしそうな、一緒にいて安心してくれるような顔を見られるから」

彼といると、自分のしたことは間違っていないと思える。

琉生に『奏さん』と呼びかけられるたびに、求められている、今の自分も誰かになにかを与えられる存在なのだ、と思うのはあまりにも勝手で、自己中心的で自意識過剰だろう。けれど、一瞬でもそう感じるだけで救われるのだ。

だから、大丈夫だ。

本心なのに、胸の中がぐるんとかき混ぜられたみたいな気持ち悪さに襲われた。

「ふうん。いいんじゃね？　それで奏が楽しいなら」

話しながら道のすみに移動し、姿の見えない清晴の声に耳を澄ませた。

「……もう、清晴は私のこと心配しないの？」

「なにその台詞。心配だったら好きになんねえよ」

あっさりと〝好き〟という言葉を口にされて、バカなことを口走ったと後悔に襲われる。そして、清晴の言葉を反芻し、無神経にもうれしく思った。

「奏はもう、大丈夫だろ」

清晴はもう、心配していないのか。だから、好きになってくれたのか。

「そっか」

間抜けな返事だったようで、清晴は、く、と喉を鳴らし、「用件はそれだけ。じゃあな」と言って電話を切った。

本当に引っ越しの日を伝えるためだけに電話をかけてきたのだろうか。

いや、たぶん、別れの、最後の、電話だったのだろう。

「そっか」

と奏は小さな声でさっきと同じ台詞を吐き出してから、マンションを目指して歩きだした。前に踏み出る足元に視線を落としながら、歩く。さびしさを抱きながらも、奏の足は前に進む。

奏は家に帰ったら、お風呂に入って、ベッドで眠り、そして明日になるとまた、仕事に行くだろう。

このルーティンが、奏の背筋を伸ばしてくれていた。

家に入ると、部屋の中は暗かった。まだ琉生は帰宅していないのか、となぜかほっとして、とろとろと中に入っていく。そしてリビングの灯りを点ける。と。

「つ、え、る、琉生くん？　帰ってたの？」

ソファにうずくまる大きな黒い塊に気づいて、息が止まるかと思った。呼びかけると、彼がのっそりと顔を上げた。

目が、赤く染まっている。ウサギみたいに真っ赤な目が、不安げに揺れている。

「連絡ないからまだ実家にいると思ってた。電気も点けずにどうしたの？」

「残業してたの？」

奏の質問が聞こえていないのか、琉生が震えた声で訊いてくる。いつもと違う様子に、「どうしたの」と上着を来たまま琉生のとなりに腰掛けた。

実家でなにかあったのだろうか。母親とケンカでもしたのだろうか。

暖房もついていない部屋の中で、自分で自分をあたためるように丸くなっていた琉生の体は、服の上からでも冷え切っているのがわかった。

「奏さん、そばにいて」

ぎゅっと冷たい手で左手を握られ、懇願するように言われる。既視感を覚えて、「え」と戸惑いの声がもれた。

「帰ってこないかと、思った」

「なんでそんなこと思うの。そんなわけないじゃない」

わかってるけど、と琉生は奏の肩に頭をのせる。

「いつもより遅かったから」

「ああ、今、繁忙期だからちょっと忙しくって」

琉生の髪の毛を撫でると、一本一本が氷のように冷たく、さらさらなのに警戒心がむき出しのハリネズミみたいだった。

「おれ、奏さんの演奏が聴きたい」

「……え、いや、さすがにこの時間じゃ……」

「小さな音でもいいから、奏さんが演奏しているところを見たい」

なんでそんなことを言い出すのかさっぱりわからない。ただ、琉生が自分を求めているのだけは明確にわかる。首元から肩に感じる琉生の重みと、上目遣いの彼の視線は、自分には奏しかいないのだと訴えている。

この目を、奏は知っている。

「――なにが、あったの」

問いかけても、琉生は唇を噛んで話そうとはしない。

「笑ってよ、奏さん」

「こんな状態で笑えないでしょ。どうしたの」

「奏さんの笑顔が見たい」

このままでは話が進みそうにないので、とりあえずへにゃっと笑った。明らかに戸惑いが隠せていない歪なものだったからか、琉生は満足せず、ますます眉を下げてしまう。かといって、こんな時間から演奏するわけにはいかないし、そんな気分でもない。

「家に、帰らなければよかった……」

琉生は奏に求めるのを諦めたらしく、ぼそりと呟いた。やっぱり実家でなにか問題があったんだろう。詳しい説明をするつもりはないようで、琉生は黙りこくってしまった。

どうしたらいいのか。仕事で疲れた体が、より一層重く感じた。目を開けるのも億劫《おっくう》になり、瞼を閉じて考える。

「とりあえず……お風呂でも入る？」

「もう、家に帰りたくない、会いたくない」

相変わらず話が嚙み合わない。

琉生は奏の腰に空いている手を回して引き寄せ抱きしめる。彼の背中に手を回すと、琉生が子どものように思えた。

この感覚を、奏は知っている。覚えている。

「そばにいて、奏さん」

――『奏、一緒にいよう』

あのとき、自分はなんて言っただろうか。

今度は、どう言えばいいだろう。

必死に考えるけれど、まとまらない。体が疲れていて、脳がまともに動かず、とにかく眠い。目をつむっているとこのまま意識を飛ばしてしまいそうな気がして瞼を持ち上げる。こんなときだというのに睡魔に襲われる自分が信じられなかった。

自分を抱きしめて、救いを求めているひとがいるのに。

でも、欲望に抗えない。

「まず今は、今日は……なにも考えずに休もう」

ぽんぽんと琉生の背中をやさしく撫でて言った。

考えれば考えるほど夢の世界に誘われそうになってしまう。とにかくこの場から動かなければ。琉生も感情が高ぶっていて冷静に話ができる状況ではないだろう。

「おれ、奏さんとだけ一緒にいたいな」

奏の声が届いていないのか、彼はそっと奏の左手を引きあげて頬をすり寄せてきた。

「そしたら、奏さんもおれも、自分らしく過ごせると思うんだ」

自分らしく、とはなんなのか。

「一緒に楽しい時間を過ごせたら、元の自分に戻れるはず」

元の自分。

琉生の台詞を反芻する。

琉生が頬から奏の手を放して、なくなった小指の付け根にやさしい眼差しを向けた。

そして何度もそこに触れて、口づけをする。

「小指があれば、奏さんは演奏してくれるでしょ」

奏の全身に鳥肌が立った。

「……っや、やめて」

瞬きを忘れて自分の指を愛《め》でるように触れる琉生を見つめ声を絞り出す。

違う、と奏の中の奏が叫んでいる。これまで感じてきた違和感が、ひとつひとつ繋がって脳がしびれる。

彼がカメラで奏を撮り続けたこと、奏の左手の小指をいつもやさしく撫でてくれたこと、奏の笑顔を見たがったこと。

琉生のときおり見せる態度に妙な強迫観念のようなものを感じていた。琉生の求めている自分でなければいけないような気がしていた。そのために無理をしている自分がいた。

不思議そうに自分を見上げる琉生をまっすぐに見据える。

「奏さん？」

苦しくて目の奥がつきんと痛み、涙がこぼれて頬を伝った。

「か、奏さん、なんで、泣いてるの？」

虚ろだった琉生の瞳が正気に戻ったように光を宿す。

琉生はすぐに奏の手を放して、奏の目尻を親指の背でそっと拭う。あたたかい琉生の手が好きだと思う。

なのに、その手を自分は求めていない。

彼が与えようとしているものを、奏はなにも欲していない。

そして、彼がその手に求めるものを、奏は与えることができない。

「――私は、元の私には、戻れないよ」

彼の手を取って、目元から剝がしながら伝える。

「だから、琉生くんが求める私には、なれないんだよ。かわることはできても」

琉生の目が大きく見開かれる。

はじめて、彼の目に今の奏が映し出されているかもしれない、と思った。

彼ははっとして視線を彷徨わせ動揺を見せる。

「えっと、いや、ごめん、奏さんは、気にしなくていいんだ。おれが……」

「私が、戻りたくないの」

ふるふると頭を左右に振って慌てた様子の琉生の言葉を遮った。

「琉生くんは、ずっと、はじめて会った日の私に戻ってほしかったんだね」

琉生はどう返事をすればいいのか悩んでいた。奏が泣いている理由がわからなくて、なにが正解なのかを必死に考えているのだろう。

琉生とはじめて出会った日のことを、奏はほとんど覚えていない。けれど、あの頃の奏はきっと、ただ彼の手を取って笑ったのだろう。かつて、蒼斗にそうしたように。

彼はずっと、過去の奏を求めていた。かつて笑顔で自分を救った奏のことしか見ていなかった。奏が戻りたいとは微塵も思っていない頃の姿を、今の奏の背後に思い描いていた。

「琉生くんは、昔の自分に戻りたい?」

奏の問いかけに、琉生がまた戸惑いの表情を見せる。

彼は目をそらして、唇を噛んでから小さな声で「うん」とつぶやき頷いた。

「父親がいた頃に、戻りたいよ、おれは」

そっか、と掌で自分の涙をすくう。

「でも私は、昔の琉生くんに戻ってほしくない。私は今の琉生くんしか知らないから。私が好きになったのは今の琉生くんだから」

「……それとこれとは関係ないよ。おれがおれじゃなくなるわけじゃないし」

そうかもしれない。

けれど、琉生自身がそんなふうには思っていない。

「でも、琉生くんは、自分にとって不本意だった時期を、まるっと削除したいんでしょ」

蒼斗が家族を捨てようとしたときのように。

思ったよりも奏の口調が冷たかったようで、琉生が表情を歪ませた。

「でも、そんなの無理なんだよ、琉生くん」

奥歯をぐっと噛んで言葉をゆっくりと吐き出す。

自分はどうして、落ち込んでいるひとにやさしい言葉をかけてあげられないのだろう。自分の発言は琉生を傷つけるとわかっているのに、止めることができない。

ずっと、自分は誰かのためにお人好しだったのだと思っていた。でも昔からずっと、奏のやさしさは誰かのためではなく、自分のためだった。突き放すよりも、抱きしめるほうが奏にとっては楽だったから。だって甘言を吐き出して笑っていれば、自分の胸は痛まない。

「逃げてもいいと思う。琉生くんが逃げたいなら、それでもいいと思う」

「なにが、言いたいの奏さん」

琉生がわずかに顔をしかめた。

「目を塞いで逃げるのと、目を開けて逃げるのは、全然違うんだよ」

「だからなに？　おれはそんな説教望んでない！」

ソファの背もたれに、琉生が拳を叩きつける。その衝撃に奏の体がびくついた。

「なんでそんな説教すんの？　時間が戻らないことくらいわかってるよ。だから切り離したいって思ってるだけだろ。なんでそんなこと言われないといけないんだよ」

震えるほど力一杯拳を握っているので、掌には爪が食い込んでいるだろうと思う。

その手を取ってほどいてあげたくなる。

けれど、彼は彼自身でなんとかすべきなのだ。

蒼斗も、そうすべきだった。

誰かを助けることで満たされた気持ちになっていた奏も。

「私が琉生くんのそばにいるって言ったら、琉生くんは救われるの？」

「そりゃ……」

「でも、この先一緒にいる私は、琉生くんの求める私じゃないよ」

「――っ、そんな、の」

耐えきれずに発せられた琉生の声は震えていて、同時に彼の瞳にみるみる涙がたまっていく。いつのまにか止まっていた奏の涙の続きみたいに、それはゆっくりと頬を濡らしていく。

琉生の泣き顔から奏は目をそらした。

「……今日はゆっくり休もう。琉生くんもゆっくり考えてまた明日か、いつでもいいから、話をしようよ。今全部解決しなくてもいいと思うから」

ね、と同意を求めるように彼の肩に手を添えると、琉生は体をよじってその手を振りほどいた。

「そうやって、諭《さと》すように言うなよ」

眉根を寄せて下から奏を睨《ね》めつける琉生は、今まで奏の目に映っていた彼とは別人のようだった。琉生を感情表現が豊かな子だと思っていたけれど、それは勘違いだったのだろう。

彼はただ長年抱いていた感情を上辺の感情で隠していただけだったのだ。

「今日でも明日でも明後日でも、なにもかわらないよ。奏さんが言うようになかったことにはならないんだから、おれの気持ちだってかわんねえよ」

彼の低い声は、ソファを伝って奏に振動を伝えてくる。ひと目で彼の憤りを感じるが、彼の双眸には苦痛も滲んでいて、浮かぶ涙のせいで不安そうに見えた。怒りからか、寒さからか、体も声もぶるぶると震えている。

「なんだよ、おれのなにを知ってるんだよ。なにも知らないくせに。過去のおれを知らないくせに。おれがなんでこんなことになってるのかも知らないくせに！」

あふれる涙を何度も拭いながら琉生が感情を吐き出す。

「じゃあ、どうすればいいの？」

「なにも言ってないだろ。そばにいてって言っただけだろ」

「そばにいたってなんにも解決しないじゃない」

「解決なんてできないんだよ」

「家族と和解しろとは思ってないよ。丸く収まることが解決だなんて言ってない」

それが難しいことくらいわかっている。

「でも、琉生くんは、解決する気が元々ないでしょう？」

琉生は奏に相談しているわけではなく、吐き出したいわけでもない。慰めてほしいわけでも、助言がほしいわけでもない。一緒に戦うことも求めていない。

過去を再現してほしいだけだ。

それは、宙ぶらりんな自分の気持ちから目を背けているようにしか見えない。

「ため込むなら、最後だと思って一度くらい暴れてしまえばいいじゃない」

思う存分罵詈雑言《ばりぞうごん》でも投げつければいい。もしくは泣いてもいいし縋ってもいい。もう縁を切ると決めてなにも言わずに飛び出すのもひとつの方法だろう。なにが正解かなんて知らない。でも、感情的にでも相手に直接ぶつけることでしか、覚悟が決まらないことがあるのを奏は知っている。

「うるさいって！　そんなことしてなにがかわるんだよ！」

「知らないよ！　してもしなくても、過去はかわんないよ！」

奏の台詞に琉生が一瞬ぐっと言葉に詰まる。

「なんにせよ、琉生くんはなにかを決めなくちゃいけないと思う」

それを奏は、清晴に教えてもらったのだと思った。

だから――。

「奏さんは、四年前にできなかったことをおれにしようとしてるだけだろ！」

その言葉に、息を呑んだ。

口にした琉生も同じようにハッとする。

瞬きを忘れて見開いたままの瞳に、またじわじわと涙が浮かび、視界が歪んでいく。

目の前にいる琉生に、四年前の蒼斗が重なる。

今まで意識していなかったのが不思議なほど、はっきりと。


——私はずっと、やり直したかった。


そんなふうに考えたことは一度もなかったのに、突然自分の中にあった感情に名前が見つかった。すとんと、宙に浮いていたものが落ちてきたみたいにしっかりとした形と重さを伴って胸の真ん中で自分に訴えかけてきた。

ずっと、考えていた。

別の方法があったのではないかと。自分の選択が正しければ、蒼斗を傷つけることはなかったんじゃないかと。あのとき自分にはどんな選択肢があったのだろうかと。

自分とは縁遠い複雑な家族の出てくる映画や小説を読み出したのはそれからだ。

——『奏はもう、大丈夫だろ』

清晴の言葉が聞こえる。

今の自分を見たら、清晴はきっとあの台詞を撤回するだろう。

琉生に偉そうに言える立場なんかじゃなかった。奏も同じだった。

「琉生くんが、正しいよ。そのとおりだよ」

奏自身が認めるのは、琉生にとってなによりもひどい行為だ。最初から琉生に蒼斗を重ねていたことになるのだから当然だ。浮かんだ涙をこぼすまいと、奏はまっすぐに琉生を見つめる。眉を寄せて、ショックを顕にしている琉生を。

胸が締めつけられる。

自分はいつだって、愛おしいと思ったひとを傷つけてしまう。

「ごめんね。でも、だからこそ、琉生くんには目を閉じてほしくない」

左手を伸ばして、彼の手を包んだ。まだかたく握られたその手を、ただ、包む。

この手をほどくのは琉生自身でなくてはならない。

奏も琉生も、お互いをちっとも見ていなかった。同じように過去に囚われていた。

でも、琉生は奏に、事故の前の姿を求めていた。そして、奏は事故のやり直しを望んでいた。過去に求めるものと、過去を上書きしようとするものは、似ているようで、違う。

「見て、私の手」

琉生の手と一緒に自分の手を琉生の目線の高さまで持ち上げた。

一本足りない不自然な奏の手に、琉生は小さく頭を振る。

「私にはもう、小指がないの。だから、あの事故をなかったことにはできないし、なかったことにしちゃいけないって、ずっと思ってた」

「……その過去を、取り戻したかったから、おれのそばにいてくれたんだろ」

悔しそうに琉生が呟く。

部屋の中にふたりきりなだけなのに、世界中にふたり以外誰もいないような錯覚に陥る。そのくらい、奏の目には琉生しか映らなかったし、琉生の目にも同じだった。

「それでもいいよ、おれはそれでも、そばに――」

「違う」

琉生から、さっきまでの怒りは消えていた。弱々しい彼の声が部屋に充満して奏の意識がぐらりと揺れてしまいそうになる。彼の言葉を遮ることで楽なほうに進みそうになる自分を食い止めた。それが楽な選択肢ではないと知っているから。

「もう私は、誰とも一緒に溺れたくないの」

彼が嫌がるであろうことは口にせずに、彼の手を取ってそばにいることは、簡単だ。けれどそれは一緒に負の感情を溜めて、その中で溺れ、苦しみながら沈んでいくだけの行為だ。

昔の奏は、自分なら溺れないという根拠のない自信があった。だから、迷うことなく蒼斗を抱きしめ彼と約束を交わすことができた。

今は、底の見えない海の中に琉生と一緒に沈んでいく未来しか想像できない。

ひとりならいつか浮上するだろう。

でも、ふたり分の重さでは、止めどなく沈むだけ。

「今の私は、そんなふうに考えちゃうんだよ」

「それは事故のせいで、だからこそ一緒にいたら」

「そんな今の自分を、私は結構、気に入ってるの」

自分の気持ちを優先して、自分を守る方法を選ぶ。誰かを傷つけても、ひとりになったときにひとりでも立っていられる自分でありたいと思ってしまう。

でも、この道が、正しいと信じられた。

間違っていても、正しいと思えた。

――『いつまでも同じ場所にはいらんねえだろ』

清晴の言うとおりだと、実感する。

琉生は今まで何度も奏の左手の小指の付け根を撫でてくれた。それは、奏の足りない部分を愛でてくれていたわけではない。

「琉生くんは、小指のあるときの私に戻ってほしかったんだね」

再び涙がしとしとと降る雨のように流れだしたけれど、不思議と苦しさはあまり感じなかった。

「奏さんは、失ったものを取り戻したいと思わないの？」

琉生の質問に、自分の失ったものがなにか考えてみる。

「前はもっと、屈託なく笑えたのに。ひとと距離を置くような性格でもなかったのに。困っているひとがいたら躊躇なく駆け寄れるひとだったのに」

琉生に言われて、それらは自分にとって〝失ったもの〟なのだろうかと考えた。

奏は自分でそれらを選択して、手探りでまわりを見渡し見極めながら一歩ずつ、その場から動き出した。そうやって視界を広げていった。

今でも自分は欠点だらけだと思う。

でも、それでいい。これまでのように、これからも変化し続ける自分でいたい。

「……おれは、取り戻したい」

小さな声で、はっきりと琉生が言った。

「わかってる。おれだって、時間が戻らないことくらいわかってる」

大きな体を震わせて、くぐもった声を吐き出す琉生を見つめる。ソファの上で片足を立てて、そこに顔を埋めるように背中を丸めた。声はますますくぐもって、奏の耳に届きづらくなる。

「おれがなくしたものは戻ってこないし、あのとき感じた絶望感も恐怖も落胆も、消えてなくなりはしない。わかってるんだよ。でも、どうしても忘れられないんだよ」

奏も体を前に向けて、ソファに両足を乗せた。膝の上で手を組んで、静かに彼の声に耳を傾ける。かすかに、外から雨の音が聞こえてきた気がした。

ふと視線を感じて横を見ると、琉生がじっと奏を見つめていた。

「あの頃の奏さんに会えたことは……本当に、おれにとって救いだったんだ」

過去の自分よりも、今のほうが好きだ。けれど、あの頃の自分だからこそ、琉生に手を伸ばせた。今の奏なら同じことはできなかった。

あのタイミングで、あのときの自分でしかうまれなかったものがここにある。

「よかった」

ふ、と自然にこぼれた奏の笑みに、琉生の唇が弧を描いた。

目の前にいる奏が琉生の見ていた奏と違うことに気づいたんだと思った。

「……そっか」

その返事が、奏のものか琉生のものかはわからなかった。

その言葉を最後に、部屋の中に雨音だけが降り続けた。


どのくらい時間が経ったのかわからないけれど、ソファがぎしりと軋《きし》んだ。となりに座っていた琉生が立ち上がり、

「あたたかいものでも淹れるよ」

そう言ってキッチンに向かった。冷蔵庫を開けて、コンロに火を点ける。その様子を奏はじっと見つめる。キッチンはもう、琉生の居場所のようだった。

ソファに戻ってきた琉生からマグカップを受け取る。彼が淹れてくれたのはロイヤルミルクティだった。

「家でこんなの作れるんだね」

「料理に使おうと思っていた牛乳が残ってたから使い切ろうと思って」

口をつけると、体中があたたかくなってほっと息を吐き出す。強ばっていた体の筋肉がほぐれて、睡魔が緩やかに近づいてくるのを感じた。同時に、泣きすぎて瞼が熱いことも。

「奏さんって、どんな仕事してるの？」

「え？　営業事務みたいな、雑用のような……」

初めて琉生に仕事のことを訊かれた。

「ピアノが弾けなくても……仕事は楽しい？」

「まあ、そうだね。弾きたくなったらいつでも弾けるし。下手だけど」

「小指が元に戻ったら、とは、考えることないの？」

「……そうだなあ」

他人が思うほど小指の欠落を奏が気にしていなかったのは、過去を受けいれていたからだと思う。けれど今はそれだけじゃない。左手を前に突き出して掌を広げる。

「私、この左手、そんなにきらいじゃないの」

むしろ、愛おしい。

あまりにすがすがしい返事だったからか、琉生は顔をくしゃりと歪ませて笑った。

「そう思えるようになったのは、琉生くんと一緒にいられたからだと思う」

テーブルにマグカップを置いて、ゆらゆらと立ち上る湯気を眺めて呟く。

あの日を境に失ったものはたくさんある。でも、琉生と出会って、琉生を好きになって、琉生と一緒に日々を過ごしたことで、いろんなことを思いだした。

仲のよかった友だちのこと、歩き回ったら疲れること、自分が家でゴロゴロするのが好きだったこと。

琉生がいなければ、奏はまだ気づけなかったはずだ。

琉生に蒼斗を重ねていたとしても、奏は琉生のことが好きだった。

「それまでの私も、淡々と過ごしているだけかと思ったけど、それなりに楽しんでたんだなってこともわかったし」

悪くない日々だった、と奏は思う。

「だから、琉生くんが好きになってくれたのは、今の私だったらいいな」

へへ、と力なく笑うと、琉生は申し訳なさそうに眉を下げる。

「ずっと、奏さんに昔のように笑ってほしかった」

はっきりと言葉にされて、胸にちくんと痛みが走る。それが顔に出ないように奏は必死に気持ちを落ち着かせて琉生の言葉の続きを待った。

「奏さんが失ったものを補えたら、奏さんは元に戻るんじゃないかって。奏さんもそれを望んでいるはずだって勝手に決めつけてた」

「うん」

「でも、昔のままの奏さんだったら、おれは奏さんに近づけなかったよね」

いつもの琉生の表情だった。人懐っこくて、どこかほんのりとさびしさがあって、ひとに頼るのにひとを甘やかす、奏の知っている琉生の姿だ。

「だから、やっぱり今の奏さんを、おれは好きになったんだよ」

琉生にそう言ってもらえたことで、奏はまた、今の自分を好きになれる。

あーあ、と言って琉生は背伸びをした。

「とりあえず、姉さんに思い切り文句を言って、ケンカするために、もう一度帰るか」

泣きはらした赤い目を天井に向けて言う。

「行く場所なくなったらまた戻ってきて泣いてもいい？」

「はは、いいよ」

待っている、とは口にしなかった。

琉生の見せる不安を隠した満面の笑みが眩しくて目を細める。目の前にいる彼が愛おしくて抱きしめたくなる。けれど、それができない自分にもどかしさを覚えた。

「ひどいこと言って、ごめん、奏さん」

「私もごめん、ね」

――たぶん、琉生は一度出たら、もうこの家には戻ってこないだろう。行く場所がなくても、きっと琉生は帰ってこない。

けれど、これからも喫茶店で顔を合わせることはあるはずだ。そういう関係になる。

奏は琉生のことが好きで、琉生も奏のことが好きで、一緒にいたいと思っている。

けれど、ここに恋はなくていい。
もしかしたら最初からなかったかもしれない。
でもそれは、お互いに口にしなかった。
もうすぐ咲き誇る桜は、奏ひとりで見ることになるだろう。

5 残された約束のはなし

清晴の引っ越し前日は、あいにくの雨模様だった。激しさはないけれどだらだらと降り続きそうな空を見て、明日もきっと雨だろうと思う。せっかく桜が咲いたというのに。この雨では桜も無念に違いない。

「清晴の日頃の行いが悪いせいじゃないの？」

「邪魔しに来たなら帰れ」

窓から外を見る奏に、清晴が心底ウザそうに言った。それも当然で、清晴はまだ終わっていない引っ越しの荷造りをしていて、奏はそばに立って見ているだけだからだ。

清晴のワンルームマンションに奏が足を踏み入れたのは今日がはじめてだ。

二日前に連絡をして、忙しいと断られたが押しかけたのだ。以前なにかをおすそわけするときに住所を聞いておいてよかった。奏を見て顔を思い切りしかめたけれど追い返そうとしないところが清晴だよなと思う。

いくつかの段ボールは壁に積み上げられているけれど、見るからにまだまだ終わりそうにない。棚にはまだぎっしりとCDが並んでいる。ダウンロードやサブスクが普及しているのに、清晴はCDを買うタイプだったようだ。今まで知ろうともしなかった清晴の趣味に触れるのは、なかなか興味深い。

「家電が多いと大変そうだね」

テレビやゲーム機器、スピーカーはまだ手つかずだ。配線が多くて奏は見るだけでげんなりする。

「だったら手伝えよ」

「やだよ。清晴のものに触れて引っ越し後に壊れてたら私のせいにするでしょ」

「そりゃそうだろ、奏のせいなんだから」

そんなことを堂々と言うひとの引っ越しの手伝いなんて絶対いやだ。

「このあと桜見に行く用事があるから無理」

「雨なのに？　ここの窓から見えるからそれでいいだろ」

たしかにそばの小さな公園の桜が満開だけれども。

むうっと眉間に皺を寄せると、なぜか清晴は満足そうに片頬を引き上げる。どうせ、きっぱり断るなんて成長したな、とでも思っているのだろう。

相手が清晴でなければ奏は断らなかっただろう。

今も、お人好しにはかわりがない。ただ、できないこと、したくないことは、極力、できるだけ、しないようになっただけだ。

「で、わざわざなにしに来たんだ。俺はもう会わないつもりだったんだけど」

相変わらずはっきりと言うひとだ。ふうっとため息を吐いて、奏はカバンから小さな箱を取り出した。

「転職祝い。引っ越し祝いかな」

「こんなもんいらねえのに、わざわざなにしてんの」

バカじゃねえのと文句を言いつつも、清晴は奏の差し出したそれを受け取った。そしてきれいなラッピングを無遠慮に破り開けていく。

「手帳か」

掌サイズの小さな革の手帳に、清晴は感心したような声を発した。仕事柄メモを取ることが多いのは知っていた。それを毎回カバンから出していたことも。このサイズなら胸ポケットに入るので、すぐに取り出せる。

「いいじゃん、ありがたくもらっとくよ」

「あとこれも。あ、こっちは開けないでよ！　清晴のじゃないんだから！」

そしてもうひとつ、手にしていた紙袋を渡す。すぐさま中を覗こうとする清晴を止めて「結婚祝い」と言った。

「なんだそれ。あ、ああ、蒼斗にか？」

「そうだよ。出席はできないから。せめてね。あ、お返しはいらないから」

「なんで引っ越し前日にこんな荷物になるもんを俺に渡すんだよ」

それに関しては申し訳ない。けれど直接渡す方法がないし、そうしたいとは思えなかった。となると、清晴に頼むしかないのだ。

「二次会行けばいいのに」

「いや、いい。奥さんがいいって言ってても、なんか、気遣われるのいやだし」

「お祝いはいいのかよ」

「お祝いはいいんだよ。うれしくて、少しでもなにかしたいっていう押しつけだから」

時間が経って気持ちが落ち着いてくると、彼が幸せを摑むことが無性にうれしく思えてきたのだ。そのうえ奏を気にかけてくるということは、彼は彼なりに奏とのことも気持ちの整理をつけたのだろう。

奏も同じ気持ちだ。だからこそ、二次会に出席しないし、そこに蒼斗が気にするような想いはないという意味でお祝いすることを決めた。

「ちゃんと渡してね」

「ひとに押しつけといて偉そうだな。わかってるよ」

「――約束、ね」

にやりと口角を上げて床に座っている清晴を見下ろす。清晴は珍しくぽかんと口を開けて間抜けな顔をした。

「……なんかあったのか？」

あまりにもすっきりした様子の奏に、清晴は訝しむ。

四年前にくらべたら奏は随分と明るくなった。けれど今日はまるで今まで身につけていたものすべてを洗い流したかのように体が軽い。自覚があるほどなので、清晴からしたら別人のように見えるだろう。

「琉生くんが、家を出てった」

「ああ、って、え？　なんで？」

ノリツッコミのような驚き方に、奏は噴き出す。

「まあ、いろいろあって。っていうか、はじめから、間違ってたのかなって」

琉生とはあれから数日一緒に過ごした。けれどそれまでの空気とはまったく違っていて、ただの同居のような割り切った関係だったと思う。彼はもう奏にカメラを向けることはなく、そのかわりにひとりでいろんな場所に行って写真を撮っていた。友人に会ったときも写真を撮ったらしく、琉生はその画像をうれしそうな顔で奏に見せた。

琉生はあの日から一度も奏に、奏の手に、触れなかった。

そして、一昨日、琉生は実家に帰った。持っていた荷物をすべてリュックに詰め込んで、行ってきます、と言って彼は出ていった。目をそらすことなく、涙を浮かべることもなく、笑顔で、お互いに小さく頷いて、別れた。

「円満？」

「まあ、それなりに。たぶん、喫茶店でこれからも顔を合わせると思うし」

就職活動がはじまり、これから実家で暮らすようになったのならバイトを辞める可能性はあるけれど、気まずいから、というような理由で辞めることはないだろう。奏自身も気にしていない。

「あいつがすんなり別れるようには思えなかったけど」

「んー、琉生くんは、昔の私を見てたんだよね」

今の奏を好きだと言ったのは嘘ではないと思う。お互いに、今のふたりでなければ惹かれることはなかったと奏もわかっている。けれど、それはただのきっかけに過ぎない。

「私も、琉生くんを蒼斗と重ねてやり直そうとしてたみたい」

自嘲気味な笑みがこぼれて、一緒に浮かんだ涙をすぐに拭った。

奏と琉生の想いはずっとお互いに別の方向を向いていて、それは今後もきっと交わらないと、お互い言葉にしなくてもわかった。だからこそ、改めて別れの言葉を告げることなく、引き留めることもなく、買い物に出かけるように琉生が家を出て行って
——終わった。

「ふうん。まあ、そういうこともあるんじゃね？」

「そうだね」

清晴らしい、興味のなさそうな返事だった。

「でも好きだったんだろ」

ごそごそと作業を続けながら清晴が言う。

「……なんでそういうこと言うのよ、バカ」

そんなふうに簡単にひとの心を見透かさないでほしい。

両手で顔を覆い清晴に悪態を吐くと、「俺のせいにするな」と呆れた声が返ってきた。


一緒にいたいと言った。

明日も明後日も一緒にいたいと思っていた。

一緒に桜を見に行きたかった。

全部かなぐり捨てて、これからもとなりで過ごしたいと思った。

好きだった、ではなく、今も好きだ。

でもそれは、言葉にできなかった。

だからせめて——。

口に出さず、小指を立てず、奏と琉生は無言の約束を交わした。

瞼の裏では、琉生が奏を見て笑っている。おそらくこの先、ずっと。いつまでも。

◇◆◇

「これで来週には間に合うでしょ」

ふぅっと息を吐き出して奏は部屋を見渡した。

十一年住んだ2ＬＤＫはほぼ片付き広々としていた。一週間前でこれだけ段ボールに荷物を詰め込めたのはなかなかやるなと自分で自分を褒める。独り暮らし十一年目ともなると、家事の腕もそれなり上達したからか、引っ越しの準備もお手のものだ。それなり、なので、うまくなったわけでも好きになったわけでもないが。

満足気に仁王立ちしていると、テーブルの上のスマホが着信音を鳴らしはじめる。

「お母さん？」

「ああ、奏？　引っ越し準備はどう？」

「もう大分落ち着いたよ。このあとの手続きお父さんに任せちゃったけど」

母親の声にまじっていろんなひとの声が聞こえてきた。おそらく出張の帰りで駅にいるのだろう。忙しそうだな、と思う。だからこそ、そんな日々でも奏のことを気にかけて電話をしてくれることにありがたく感じた。

「引っ越しの日はお父さんも手伝いに行くって」

「わざわざいいのに。でも、ありがと」

「その後に奏の三十四歳の誕生日パーティをサプライズでするんですって」

クスクスと笑って母親が言った。サプライズなら言ってはいけないのだが、奏もすでに予想していたので驚きはなく「楽しみだね」と返事をする。

電話を終えて時間を確認し、外出の用意をした。外に出ると熱気が襲ってきて、耳をつんざくような蝉の鳴き声にしかめっ面になってしまう。

この暑さでは待ち合わせ場所に着く頃には汗だくになっているだろう。化粧が崩れた顔で久々の再会をしたら、きっとバカにされる。

「まあ、それもらしいか」

ふ、と息を吐き出すように笑って駅に向かった。

待ち合わせの駅の改札の前は、いつも人が多い。出張だと思われるスーツを着たひとたちもいれば、今から小旅行にでかけるらしい家族連れや女の子たちの集団もいる。奏と同じように誰かを待つひとも。

時間を確認すると、彼の乗る新幹線が到着するまでまだ五分ほどある。

会うのは二週間ぶりで、一ヶ月か二ヶ月に一度しか会えなかった頃に比べたら間隔はかなり短い。なのに、そわそわしてしまう。やってくる彼の姿を見たときに顔がだらしなく緩んでしまいそうな気がして深呼吸をした。

腕時計が小さく震えて、スマホにメッセージが届いたことを知らせた。以前寝坊して待ち合わせを一時間遅刻したことがあるから、事前に連絡をしてきたのだろうと確認すると、大学時代の友人からの、近々集まろうという誘いだった。奏が返事をする前に、他のメンバーからOKのスタンプがいくつか届き、奏もすぐに返事をした。

六年前に久々に集まってから今は年に二、三回会っている。

そのときはかわったね、と何度も言われて、同じだけ、かわってないね、とも言われた。

今度会うときはきっと、おめでとう、と言われるんだろう。

「すみません」

「え、あ、はい？」

横から声が聞こえて、弾かれるように顔を上げると、大きな荷物を持って眉を下げている七十歳くらいの女性がそばに立っていた。

「あの、この駅に行きたいんですけど」

女性が小さなメモ用紙を奏に見せる。

駅にいる、ということはここから電車を乗り継いで行けるところなのだろうけれど、書かれている駅名を奏は知らなかった。普通電車しか停まらない駅かもしれない。

「あー……すみません、えっと、私もわかんない、です」

素直に答えると、女性はしょぼんと肩を落とした。荷物や服装から都会慣れしていないのがわかる。ひとの多さに戸惑っている様子だ。

一瞬スマホで検索して教えたらいいかな、と思ったけれど、あやふやな知識ではきっとうまく説明できないし、間違って伝えてしまう可能性もある。

「窓口案内します。そこで駅員さんに聞きましょう」

こういうことはプロに頼むのがいちばんだ。改札にいる数人の駅員は忙しそうなので大きな窓口で訊ねたほうがいい。反対側の改札のそばにあるのを駅構内の案内で確認し、女性に微笑んだ。女性は安堵の表情を浮かべて何度も頭を下げてとなりに並んだ。

どこから来たんですか、この駅広くて大変ですよね、と世間話を交わしながら窓口まで一緒に行き、駅員に引き渡して奏はその場を離れる。ちょうど待ち合わせの時間だ。

「相変わらずだなあ」

入り口の自動ドアをくぐると、ぶつかりそうになった相手が聞き慣れた声で言った。

「わ、びっくりした」

「待ち合わせ場所こっちに指定したのは奏だろ」

「そうだけど、タイミングがよすぎるから」

移動する前にメッセージを送っていたけれど返事がなかったので元の場所に戻るところだった。奏の振る舞いを見ていたようで、彼は駅員と話をしている先ほどの女性に視線を向ける。そして再び奏の顔を見て、目を細めた。

悔しさに恥ずかしさがまじって、言葉に詰まる。

なによその顔、と文句を言いたいのに、紅潮しているのを見られたくなくてそっぽを向く。きっと彼は奏のその様子ににやにやしているだろう。

ふたりで電車に乗っていくつかの駅を通り過ぎ、再び外に出ると、一度引いた汗がまた浮かんでくる。

「打ち合わせ何時からだっけ？」

「半から。あと四十分くらいあるから、のんびり向かっても大丈夫」

「面倒くさいもんだな、結婚式って」

「今まで私がひとりでしてたんだから、これから協力してよね。でも来週からはこっちで生活できるようになるし、まだマシでしょ」

親族へのお披露目とお食事会なので、格式張ったものでもない。そうだけどーと彼はうんざりしながら言う。元々結婚をするつもりがなかったので、乗り気ではないのだ。

――『一緒に暮らすか？』

電話越しの、ムードもなにもない彼からの言葉が、結果的にプロポーズになった。そばにいてほしいとか、一緒にいたいなんていう言葉はなかった。いつのまにかお互いが誰よりも近い場所にいる存在になっていたから、わざわざ言う必要はなかった。

同棲するだけの予定だったけれどお互いの両親に籍を入れろと言われて、拒否する理由もないかと受けいれた。でもまさか結婚式までする羽目になるとは。まあ彼はなんだかんだ協力してくれる性格なので、今だけの愚痴だろうと聞き流す。奏も面倒くさいと思っているし。

来週奏は新居に引っ越し、次の日に彼が遅れてやってくる。それからは、毎日一緒に暮らすことになる。

――『ただ、そばにいたいんです』

――『そばにいて、奏さん』

不意に、琉生の声が奏の鼓膜を震わせる。

六年半も経つのに、今もはっきりと思い出すことのできる、琉生の声や表情や、ぬくもり。同じくらい、蒼斗のものも覚えている。

琉生はあの後しばらくバイトを続けていた。家族とどうなったのかは聞かなかった。ただ、実家から学校に通っていると言っていたことと、ときおり気疲れを顔に浮かべていたものの前よりも吹っ切れたような笑顔を見せるようになったことから判断すると、それなりに話はできて気持ちの整理はついたのだろうと思う。

そして就職活動を機に琉生はバイトを辞めて、それから一度も会っていない。

はじめの頃こそ彼を思い出し、広すぎる部屋で涙を流したこともあった。心配で眠れない日もあった。けれど日が昇れば奏は会社に行き、仕事をしなければいけない。お腹が空いたらご飯を作らなければならないし、洗濯をため込むわけにもいかない。自分の生活の世話をしているうちに、それが日常になった。

もう二度と、あんなふうにはひとを好きになれないだろう。それだけの月日が経って、奏はかわった。

今となりにいる彼への想いは、あのとき琉生に抱いたものとは違う。もちろん、蒼斗に感じていたものでもない。

今の奏は、過去の奏ではないから。

今の自分が最大限に抱く特別な愛情を、彼に対して感じている。

触れあっていなくても、となりを見ればいつだって彼がいる。

そんなふうに琉生も、誰かと並んでいてくれたらいいなと思う。

——幸せになり、幸せであり続けて。

交わされなかった、結ばれなかった、最後の約束は、この先も胸にありつづける。


ふと、大きな書店の前を通り過ぎようとした足が止まった。

道沿いにあるショウケースには、最近発売されたらしい新刊のポスターが貼られている。なにかの賞を取って書籍化されたらしく、ポスターの下には同じ写真のカバーを掛けられた単行本がずらりと並んでいた。

桜を地面から見上げるような構図で、そばには数人の男女の姿が小さいが写っている。ピントは桜に当てられているので、人の表情はよくわからなかった。なのに、笑っているのが伝わってくる。

すみには、小さなピアノもあった。

きれいなのに、まやかしのようなさびしさが漂っている。

でも、とにかく美しかった。有名なカメラマンなのだろうか、と本に手を伸ばしかけると、

「どうした、奏」

奏が立ち止まっていることに気づいた彼が振り返り呼びかける。宙でとまった手をどうするか考えてから、引っ込める。

「この写真――好きだなって、思って」

奏はなぜか浮かんでくる涙を呑み込んで、笑って彼に駆け寄った。


〈了〉

この物語はフィクションです。
実在の人物、団体等とは一切関係がありません。
本作は、書き下ろしです。

ファン文庫Tears

いつか奏でる恋のはなし

2022年8月31日　初版第1刷発行

著　者	櫻いいよ
発行者	滝口直樹
編　集	株式会社イマーゴ
発行所	株式会社マイナビ出版 〒101-0003 東京都千代田区一ツ橋二丁目6番3号 一ツ橋ビル 2F TEL 0480-38-6872（注文専用ダイヤル） TEL 03-3556-2731（販売部） TEL 03-3556-2735（編集部） https://book.mynavi.jp/
イラスト	カズアキ
カバーデザイン	渡邊民人（TYPEFACE）
本文デザイン	石川健太郎（マイナビ出版）
印刷・製本	中央精版印刷株式会社

ISBN978-4-8399-8079-5
Printed in Japan

ファン文庫 TearS

書店であった泣ける話

一冊一冊に込められた愛

著者／朝来みゆか・新井輝・石田空　ほか
イラスト／はしゃ

あなたが最後に泣いたのは、
いつだったか覚えていますか？

さまざまな事情、理由があって
書店を訪れる人々。手に取った本が
人と人とを紡ぎ、物語が生まれます。

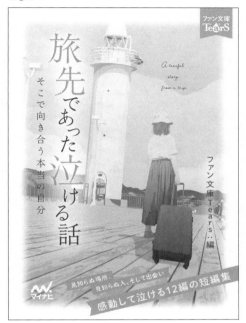

Fan
ファン文庫
TearS

動物園であった泣ける話

著者／楠谷佑・溝口智子・烏丸紫明　ほか
イラスト／sassa

あなたが最後に泣いたのは、
いつだったか覚えていますか？

親と、恋人と、子供と、
人生で３回は行くと言われる動物園。
動物との触れ合いが人を癒し、明日を生きる活力に。